赖桑的千年之约

陈芳毓 著

华东师范大学出版社

ECNUP

全国百佳图书出版单位

图书在版编目(CIP)数据

赖桑的千年之约/ 陈芳毓著. —上海:华东师范
大学出版社,2017
(献礼大地)
ISBN 978-7-5675-6224-0

Ⅰ. ①赖…　Ⅱ. ①陈…　Ⅲ. ①传记文学-中国-当代
Ⅳ. ①I25

中国版本图书馆 CIP 数据核字(2017)第 040512 号

版权合同登记号:09-2016-086

本书由台湾远见天下文化出版股份有限公司授权出版,限在中国大陆地区发行。

赖桑的千年之约
(献礼大地)
著　　者　陈芳毓
项目编辑　陈　斌　许　静
审读编辑　李玮慧　张爱民
特约编辑　杜　晗　任　战
装帧设计　汪佳诗
出版发行　华东师范大学出版社
社　　址　上海市中山北路 3663 号　邮编 200062
网　　址　www.ecnupress.com.cn
电　　话　021-60821666　行政传真　021-62572105
客服电话　021-62865537(兼传真)
门市(邮购)　电话　021-62869887
门市地址　上海市中山北路 3663 号华东师范大学校内先锋路口
网　　店　https://hdsdcbs.tmall.com

印 刷 者　上海盛通时代印刷有限公司
开　　本　890×1240　32 开
印　　张　7.625
字　　数　180 千字
版　　次　2017 年 6 月第 1 版
印　　次　2017 年 6 月第 1 版
书　　号　ISBN 978-7-5675 6224-0/I·1657
定　　价　39.00 元

出 品 人　王　焰

(如发现本版图书有印订质量问题,请寄回本社市场部调换或电话 021-62865537 联系)

①

②

③

④

梦想起点

1 / 被山岚覆盖的林场,仿佛一座座海上仙岛。

2 / 多年没骑机车的赖桑, 这天像小孩子般
开心地骑车在林场小路中来回穿梭。

3 / 赖桑习惯将枝叶修到主干上方三分之一,
保持林间通风及视野宽广。

4 / 赖桑工作裤上有数不清的各色补丁, 每
一个都代表一则故事。

①

②

③

少年时光

1 / 赖桑常以吉普车代步，每当来到林间，仰望神木，他就有无限感动，兴起日后种树的念头。

2 / 货运行时期的赖桑，当时已抽了多年的烟。为了能健康种树，他把烟戒了。

3 / 赖桑十四岁就加入家族的货运公司。

4 / 赖桑（左三）与父母亲及家人。

5 / 赖桑的父亲（左）威严而海派，是家族事业的灵魂人物。

④

⑤

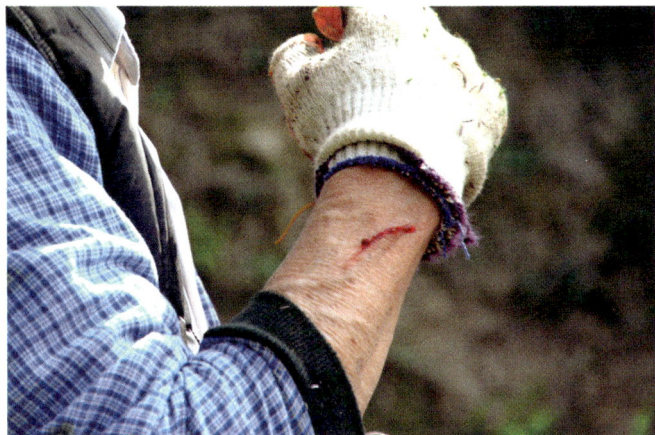

①

默默耕耘

1 / 清理埋在地底的垃圾时，赖桑的手臂被划出一道血痕。

2 / 赖桑在陡峭的山坡上种下牛樟幼苗。

3 / 水是森林里最重要的资源，林场里水管总长度超过四十公里。

4 / 同一地点，引水灌溉、种树五年后，绿色肖楠林取代了光秃的黄土坡。

②

③

④

①

家庭支柱

1 / 三十年前的赖桑一家人。左起为妻子赖易宝、三女赖婉宜、长子赖建忠、次子赖建宏与赖桑。

2 / 赖桑个性自律而严谨，连椅子也只坐三分之一。

3 / 长子赖建宏、赖桑与妻子，一家人同甘共苦。

4 / 赖桑常坐在"龙椅"上环顾林场。"龙椅"其实是个枯死的树头。

②

③

④

①

②

④

⑤

⑥

③

生态复育

1 / 林场天空常能见到大冠鹫盘旋。

2 / 万绿丛中一点红的山樱花。

3 / 人面蜘蛛是台湾地区常见蜘蛛之一，在林场里与人类和谐共存。

4 / 蜂只能在无污染的环境中存活，是重要的环境指标。

5 / 常在中海拔山区栖息的绿鸠。

6 / 九芎树上的独角仙。

7 / 台湾常见的白颔树蛙。

8 / 栖息在山樱花树上的雾社血斑天牛。

⑦　　　　　　　　　⑧

①

分享成果

1 / 长子赖建忠正对访客介绍林场环境。

2、3 / 赖桑被林务主管部门选为二〇一三年的"森情大使"（左），与马英九一同植树。

4 / 访客们坐在五叶松林中聆听赖桑的分享。

5 / 二〇〇九年首度被报纸报道后，经常有媒体到林场采访赖桑。

②

③

④

⑤

①

打拼伙伴

1 / 二十多岁就上山种树的次子赖建宏，是赖桑在林场的重要助手。

2 / 因台风倒塌的树木，可作为林场小路的天然路基。

3 / 赖桑与儿子、孙子，祖孙三代一同上工。

4 / 林场最资深的狗儿"小黑"，是赖桑最忠心的侍卫。

②

③

④

②

①

传承希望

1 / 长子赖建忠在林间空地种咖啡树，咖啡豆与其他树木共生共荣。

2 / 云道咖啡的收成量相当稀少，使价格居高不下。

3 / 进入云道咖啡馆，扑鼻而来的是淡淡的木头香味。

③

上山，种一个希望

给未来世代的人们

一九八五年起，"赖桑"赖倍元投入一生积蓄，在曾经埋满垃圾的大雪山上，种下三十万棵肖楠、牛樟等数百种台湾顶级树。

每棵树都不砍、不卖、不传子孙，将财产定存大自然。

无林不成山。山有生机，人，才能安居。

他期待，阅读本书的人们都能一起爱树、种树，千万年的守护，有您、有我。

目　录

还一块绿地给地球

刘明雄

二〇一三年，偶然在"脸书"发现一则关于一位"种树的男人"的故事。打开后惊讶地发现，我十年前构思的"种树还地球"主张，早在二十八年前，就已被这位"赖桑"付诸实践。

我着迷了，继续研究他的网站和"脸书"粉丝团，这才知道，早在多数人仍彷徨迷惘的三十岁，赖桑就立定志向要种树。

我立刻决定要拜访这位奇人。联络了几次，终于确定拜访时间。去时正值隆冬，气温不到十度。赖桑第一句就问："你来做什么？看热闹吗？"

他说话很直接，有些句子也蛮有意思的。比如他说，种树是"天天涨停板"，也"免劳保、不罢工、无遣散费"，都是向大自然学习后的体会。他不厌其烦地对上山访客重复这些主张，很像一位传播理想的宗教家。

他将种树比喻为百年、千年的事业。有一次，赖桑开心地让我看一株二十年的红豆杉，竟不到一个小孩的手臂粗。

"这树成材要多久啊？"我大吃一惊。

常理推测，一个人做事若是为个人物欲享受，一定会选能立刻获得成果的事，而不会做儿孙辈才能蒙利的事。由此可知，赖桑种树不是为贩卖，而是为了环境，为了后代子孙。

拜访赖桑时，技嘉科技总部大楼的"生态屋顶"刚完工半年多。原本三百坪（注：1坪 ≈ 3.3平方米）灰扑扑的水泥屋顶，经过一个月的防水测试，铺上泥土、水库淤泥回收烧制的植生陶石等，再种上一层草皮，养护三个月后，才全面开放。各部门都认领了一小块"田"，种植喜欢的蔬果或植物。

专家统计，共有一百多种植物、一百八十多种动物，大至近五十厘米高的黑冠麻鹭，小至蚯蚓、大肚鱼，都在这片屋顶森林中共存。

技嘉正推动将"生态屋顶"纳入建筑法规或奖励投资。现在只有技嘉的三百坪，日后可能会扩张成三万坪、三十万坪。我们做这些事也不是为了形象或媒体报道，而是要发挥影响力，使小爱变大爱，让更多人一起参与。

在我的理想中，如果台北市家家户户都拥有这样一个"生态屋顶"，就可以形成一条"绿色廊道"。届时，被都市阻隔的昆虫、鸟类与种子，就可以把这些城市里的绿洲当作休息站，自由迁徙。说不定，北投的种子就可以飞到新店来，土城的鸟类也可以飞到南港去。因为都市化而被割裂的生态圈便能重新联结，使动植物拥有更多栖息地。

从经营效益来看，我的办公室在"生态屋顶"下一层，冷气就不再像以前那样，需要开很强。有学生来"生态屋顶"做实验，发现有植被与泥土的地面不会蓄热，温度比水泥地屋顶低很多。水泥地的另一个问题是，因为无法像土壤那样吸收水分，雨一降下，没有缓冲就直接流入河川，导致堤防愈筑愈高，还是无法防止豪雨成灾。

数千年前，大禹治水便告诉我们，防堵无效，疏通才可行。

为什么我们不换个方法，还一块绿地给地球，看看结果是否会不同呢？

我是基隆乡下长大的孩子。小时候，母亲在阳台与屋顶上种了许多菜，帮人捡柴、采菜维生的阿妈，也经常带我去后山捡野果、采草药。因为在自然中长大，我很早便明白，人，最终还是要回归自然。

因此，技嘉科技立业宗旨有八个字：创新科技，美化人生。"创新科技"是指营利事业，"美化人生"则是公益事业，两者不能偏废其一，一定要平衡。一味重经济发展，会牺牲生态环境；只主张环保，企业也无法健全发展。

我还在构筑营利与公益平衡的梦，赖桑却已完成了他的梦想。因此，我鼓励赖桑出书，让千百年后的子孙都能知道他的故事。

（本文作者为台湾技嘉科技副董事长）

像赖桑这样的人，难寻第二

杨玛利

自从大学毕业至今，从事新闻采访工作二十多年，可说各式各样的人物——从台湾地区领导人到一些国家的元首、从台湾首富到其他地区企业家，再到一般企业界人士、上班族、慈善家、街头游民、偏乡弱势家庭、学童等——我都访问过。但在我接触过的无数受访对象中，本书主角赖桑（本名赖倍元），可说是最独特的一个人物。

这世上的确有很多超越追逐名利，而愿意投身公益、环保或救济贫困者的不凡典范。有不少事业成功者，累积了大量财富后，愿意大方捐出来，回馈社会，例如微软创办人比尔·盖茨，或创办唐奖的润泰集团总裁尹衍梁等。

这世上也有不少人在专业工作中累积个人清望与影响力，退休后不是游山玩水、享受人生，反而比过去上班时更努力，希望帮助需要帮助的人。近几年来亚都丽致总裁严长寿推动公益平台基金会，帮助台东、花莲转型，就是当代典范人物。

当然，我们也看到不少像台东菜贩陈树菊这样的甘草人物，尽管学历不高，收入也不丰厚，却省吃俭用，把全部积蓄捐给学校盖图书馆、帮助弱势孩子就学等，年复一年，累计捐出超过一千万台币（注：本书中提到的所有金额均为台币），善行就连老外都为之感动，荣获《时代杂志》百大人物奖。

在新闻工作中，我也看到许多有特殊兴趣的人，他们一开始走在不被主流肯定的孤单道路上，最后却终于撑过辛苦，打造出自己的一片舞台，尽管不一定名利双收，但至少人生之路顺遂许多。

种树不为名利　到底图什么？

然而，这本书的主人翁赖桑，并非功成名就之后才来做拯救地球的工作。他也不是甘草人物，平常安分做一份工作，再省吃俭用地帮助他人、改善地球。他也不是努力要把兴趣转换成事业或志向，好让自己的人生更顺利。

他其实是一无所有、孤单的一个人，走在一条没有终点，他自称为"千秋万世"的道路上。在《远见》撰写这本书的过程中，我常常想不通：他的这股劲到底是从哪儿来的？

他是饱读现代环境知识，知道地球陷入生态危机，才要种树的吗？

不是。他只有中学学历，平常不太阅读，只出过一次境。

他是赚很多钱，有钱之后才希望做有意义的事，因此才买地种树、希望拯救地球吗？

不是。他三十一岁后就把家业丢给太太，每天花钱种树，至今家产都快卖光了。

他种树是因为兴趣，希望树林茂密后，将来做森林游乐区、民宿生意，好赚游客的观光财吗？

二〇一四年四月，《远见》团队与技嘉教育基金会等一行人拜访赖桑的大雪山林场，历经九个多月，终于诞生了这本书。（前排左一为赖桑大儿子赖建忠，左四为技嘉科技副董事长刘明雄，右四为赖桑，右三为《远见》总编辑杨玛利）

不是。至今三十年来他种了三十万棵树，但林场一直不对外开放营利，未来也不会。

他种树是为了后代子孙，希望留下丰富家产给下一代，让他们以后靠砍树卖树，就可以舒舒服服过日子吗？

更不是。他已留下遗嘱，这一片山林不属于赖家，而是属于全人类的，谁也不准砍伐。

那他到底图什么？用他的话说："我这是千秋万世的事业。"百年千年后，这一片树林都还要在。

从赖桑故事　深入思索人生目标

二〇一四年四月间，我第一次与技嘉科技副董事长刘明雄等人，在赖桑大儿子建忠引导下，来到大雪山林场。跟赖桑喝了一个下午的茶，也在他的带领下，逛了一下林场。席间，他总是豪气干云地问我们很多大问题："人生到底在追求什么？""你们在我这里看到了什么？"然后他会自问自答，他做的是千秋万世的事业，是一般人不太能了解的。

的确，作为一个生活在台湾的现代人，赖桑真是少见的。

《远见》杂志很荣幸有机会出版他的第一本授权传记。在作者陈芳毓优美流畅的文字下，相信读者一定会被赖桑感动，并回头思索自己的人生与台湾的发展。

（本文作者为《远见》杂志社长兼总编辑）

第一章
种树的男人

这个男人的梦想是：
在有生之年，种五十万棵台湾顶级树。
不够疯、不够傻的人，
不会怀抱这种千年的梦想。

01 大雪山，森林

  台中东势，是大雪山林道的入口。只消二十分钟车程，就能沿着平缓宽阔的二线道，从热闹的东势市街，直上海拔一千五百米的森林。

  这是大雪山的得天独厚。

  台湾平原稀少，四分之三是山坡地。但老一辈总说："肯做免惊无田可犁。"于是，勇敢勤奋、埋头苦干的台湾牛精神，便顺着林道爬上了大雪山。

  林道前段的缓坡两旁是梨园，矮壮的梨树上，陡地垂直抽出一节节细枝丫，突破铁网伸向天际。这种高接梨，是农民为培育口感爽脆的水梨，将日本进口的温带梨枝条接穗在平地梨树上，所诞生的特殊品种。

  海拔超过八百米后，接着是甜柿园。山上缺水，农人们必须用水管牵起密密麻麻的洒水系统，远看仿佛一张张罩住山坡的灰色大网。

  果树的生长周期，决定雪山林道的四季景观。

  春天，刚嫁接好的梨树会抽出一树白花，吸引许多人前往赏花。

  到了五、六月，片片绿叶间，会瞬间绽放出千万朵"大黄花"与"大白花"。黄花是套在梨子外的牛皮纸套，保护高接

梨不受害虫叮咬；白花则是套在甜柿外的白色纸袋，避免鸟儿啄食。

入秋后，甜柿渐渐成熟，饱满的黄橙色隐约从纸袋里透出，满山遍野的白花又摇身变成一盏盏小灯笼。

冬天果树进入落叶休眠期后，山坡就露出一片萧瑟的土黄。远处，还有一排排叶子掉光的废弃槟榔树，孤零零地站在山坡上。

三十年　三十万棵树

但在林道八K（注：K即千米）处向上望，却有一处山坳，不分四季都是一片翁郁绿浪。那里种的不是果树，而是三十万棵台湾顶级树——肖楠、红桧、牛樟、榉木、五叶松、台湾扁柏与台湾红豆杉。

跟经济作物果树不同，这些台湾原生树种，每一种树的生长年限都是百年千年；每一棵，也都是顶级的良材。

因为种植的时间长短不同，树龄不同，有的高达数十米，直林场小径旁有棵枯木，是大冠鹫最爱的栖息处。

径大到两人才能合抱；有的只比成人高一些，树干可一手掌握；还有一些树苗只有五英寸高，猛一看还以为是杂草。

由于这片山坡多是容易崩坏的页岩，大部分的树都扎根在六十度以上的陡坡，穿透岩石，紧紧抓着每一寸土地。每一棵树，将来都是根系粗大、抓地涵水力一等一的良木；每一棵，都会成为野生动物们的家。

这片森林里，已可听到千百种大自然的声音。

"啊～啊啊～～～"，是在空中盘旋的大冠鹫；

"唧—唧—唧—唧—唧—""嘎～～～～～""嘶嘶嘶嘶"，是攀在树干上大鸣大放的夏蝉；

喜欢站在草丛中唱着"去啦！去啦！"的，是台湾特有的亚种斑纹鹪莺；

"呜～啊～呜～"并伴随拍翅声的，是有保护色的台湾绿鸠；

叫声像连珠炮"嗒嗒嗒嗒"，则是喜欢成群结队交配的白颔树蛙。

将耳朵贴近土地，还会听见汩汩泉水流动的声音。你没有听错，这三十万棵大树，已经将地下水汇聚成一条小溪。

眼前这一片森林，是一个人花了三十年生命岁月，打造出来的天下！

大家无法想象：怎么有一个人，把土地全拿来栽种无法创造利润的树？最后一定是要砍去卖吧？就算这样，也可以在森林里盖几间民宿啊，要不然，经营森林游乐区收门票总可以吧？

一个关于千年后的梦想

但森林的主人很固执。他有一个"三不"原则：不砍伐，不买卖，不传子。

曾经，大雪山区沿路的居民、果农和民宿主人，都在打听这个"奇怪的好野人（有钱人）"的来历。偶尔，还有好奇的邻居踮着脚尖，从林场篱笆的缝隙间，往里面窥视。

他们总是看到一个中年男人的背影，戴着宽边牛仔帽，穿着布满补丁的裤子，腰上挂着园艺剪和细齿锯，肩上还扛着根长长的锄头。

多数时候，他都是一个人垦地、种树、修枝、除草，孤独地做着例行工作：

在腋下夹几棵树苗，走到山坡下再把锄头往坡上使劲一甩，顺势把身体带上陡坡。双脚左踩踩、右踏踏，找到能稳住重心的石块后，才开始种树。

掘一个坑，蹲下来，放入一株带土的树苗，再把土拨回坑里。用锄头柄部轻轻把土压实后，插上·根钚管。再从口袋里取出一段蓝色塑料绳，轻轻绕过树苗颈部。男人用灵巧的手指在钚管上打一个结，慈祥的神情，就像一位为婴儿襁褓系上蝴蝶结的父亲。

最后，男人伸出手轻拍树苗顶端，自言自语道："孩子，好好长大哦！"

"这个人，不是疯子，就是傻子吧。"任谁看到这幅景象，都会这样想。

为了种这些树，耗费了他毕生积蓄及精力。从某个角度来看，他应该讨厌这些树，但他却对这些树心存无限感激。他给了小树生命，一天天长大的小树也回报他希望与力量。这种心灵的交换与陪伴，是斤斤计较利益的山下世界很难看到的。

这个男人的梦想是：在有生之年，种五十万棵台湾顶级树。他要做的，是千年万年的事业。

这是一个活生生存在于现代功利的台湾，一个现代版"愚公移山"的故事。很难想象，今天的台湾还有这样一个傻人！

现代人太聪明了，聪明到遇到对的事，也不知道要付出。不够疯、不够傻的人，是不会怀抱这种梦想的。

02 坚持，为大地留一片森林

　　要真正看出一个品行出众的人，你得花数年的时间观察他的作为。如果他行为没有私心，动机无比慷慨，心中没有存着回报的念头，并在大地留下明显的印记，那么说他是一个品行出众的人，大致错不了。

　　这段话，出自法国作家让·吉奥诺的名著《种树的男人》。

　　这个极短篇小说，描述一个旅人在法国旅行途中，遇到了一个种树的男人。他当时五十五岁，每一天，他会走几百米山路，走到一块荒地，把铁棍插进土里，捅出一个一个小洞，再把橡实放进去，覆上泥土。

　　他在种橡树，已经种了三年，埋下十万颗橡实，只有两万颗发芽，而这其中还会有一万颗被动物吃掉，或不明原因死亡。但男人不在乎，他只是一心想挽救这片因为没有树木陪伴而逐步迈入死亡的荒地。

　　五年后，旅人回来探访老人，发现荒地已长成一片森林，干涸之处流成一条小河。他惊讶极了，决定每年回来一次。当他最后一次见到老人时，老人已经八十七岁，但也留下了惊人的成就：因为多样的生物、宜人的气候，森林已从一处只有三户人家的地方，成为一个居民不断移入的幸福小村落。

为大地留印记

"人的力量还是值得赞叹的。可是一想到必须保持高尚的情操，怀抱无私奉献的宽大心胸，人的力量才能充分发挥，我就对那位质朴的老农夫感到由衷的敬佩。"吉奥诺在小说结尾处写道。

按照吉奥诺的观点——行为没有私心，动机无比慷慨，并在大地留下明显的印记——那个在大雪山种树的男人，也算得上是一位品行出众的人，堪称是台湾版"种树的男人"。

种树的男人名叫赖倍元，朋友都叫他"赖桑"，连儿子也这样称呼他。还有人替他取了一个十分霸气的外号：台湾树王。

他在大雪山这一隅，买下十座山头，共一百多甲（注："甲"为台湾地区土地面积计算单位。1甲 ≈ 0.97公顷）土地，靠个人之力，已种了三十万棵树。有人说，赖桑是台湾私人造林数量最多的人，还有人想替他申请吉尼斯世界纪录。

森林里的CEO

究竟是怎样的一个奇人，才能创造这样一片奇景？

赖桑今年六十岁。他头发花白，身高中等，身材精瘦但肌肉很结实，是长年下田做体力劳动的农人那样的体型。

距离他种下第一棵树，已经过了三十年。原本以为，能在山上半隐居种树三十年的人，应该是沉默寡言，甚至有些孤僻的，事实并非如此。初次见面时，人们会先注意他的眼睛，大而有神的眼睛直勾勾看进对方的心思里；当他笑起来的时候，露出两排有人帮赖桑取了个霸气的外号：台湾树王。

有人帮赖桑取了个霸气的外号：台湾树王。

牙齿及深深的法令纹，仿佛全身每一个细胞都在笑，让人不由自主也跟着开心起来。

有时，他像指挥若定的大公司CEO。朋友们上山拜访他时，都会坐在帐棚下的肖楠木桌边喝黑豆茶。赖桑每说完一句话，长年使用园艺剪而格外粗大有力的右手，就会"砰"一声重重落在桌上。

"你们，从这么远的地方上山（砰），看到我这一片森林（砰），有什么感觉（砰）？"被问到的人不自觉就竖直脊背，比面试还紧张。

他有时又像顽皮的小男孩。为了展现"六十岁仍是一尾活龙"的好体力，赖桑还会露一手"大车轮"绝招：一手拉住峭壁边的九芎树，一踩一蹬，出其不意就旋着光滑的树干"飞"两圈半，大半个身子都悬在峭壁外。

"赖桑，不要！危险！"观众愈是尖叫，他愈要多飞几圈。

其实，赖桑真正想"炫耀"的是，这棵当年只有十五厘米的树苗，现在已经不只长到两层楼高，还能撑起他的重量了！"你看吧！这丛九芎啊，够棒吧？"这是他单纯的快乐。

21

但更多时候，他只想当个纯朴的农夫。

有一次，他修剪下一段两指粗的牛樟枝条，却仿佛怕弄痛了树，来回轻抚树干上的伤口后，才慢慢松手，让弯下的树枝弹回原处。

当夕阳在他脸上落下暖金色的光芒时，他望着眼前的树林，有时会莫名感动，望着一棵棵树说："我什么都没有做，你们却这样一直大、一直大、一直大。上天，你怎么对我这么好？"最后，竟抱着树干号啕大哭起来。

这些小动作，可以看见赖桑血液里的农人DNA。只是人生际遇使他绕了一个弯，先是企业家族的公子，最后却来到山林。他仍带着CEO的霸气，只是在管理一个更大、更长久的公司。

为了这个"公司"，赖桑散尽家财。种树、除草、请工人，每月固定开销近百万。加上买土地、开路，累计投入超过台币二十亿元。不但妻子不谅解，儿子也不理解，差点弄得妻离子散。

但仿佛"树的报恩"般，从十年前开始，树，也开启了赖桑的第二人生。

随着"傻人种树"的故事逐渐远播，先是平面媒体记者来了，接着，电视台制作的赖桑报道也得了奖。许多中小学老师在课堂上播放这些影片，提醒孩子们种树育林的重要。

接着，愈来愈多企业主、宗教团体与教育团体都陆续知道了赖桑的故事，也纷纷通过关系安排上林场请教。佳世达董事长李焜耀、台明将总经理林肇睢等人都来过，慈济、福智佛教团体，连藏传佛教的仁波切们也来过。

不只林务主管部门请他倡导种树，最后，连时任台湾地区领导人马英九、台中市长胡志强也出现在访客名单上了。

做对的事　还要做很大

这是赖桑种下第一棵树时从未想过的事。

家人们终于慢慢理解父亲的苦心，态度从抗拒、接触，进而全力支持。现在，妻子、两个儿子和媳妇都在林场帮忙。树，从差点让一家人妻离子散，变成一家人凝聚的核心。

大雪山林道两旁的甜柿从开满"白花"，到转绿又变红，周而复始循环了三十次。辛勤的农人年年付出，年年都有收获，赖桑却是一直花钱，从不赚钱，做的是完全相反的事。

这样天天看，看了一万多天。问他：难道没有偷懒不想上山的时候吗？难道没有怀疑自己可能做错了的时候吗？

"怎么可能？快乐都来不及呢！"赖桑瞪大眼睛，露出一副"什么笨问题"的表情，"每天早上睁开眼睛，第一个念头就是感谢上天赐我健康的身体，能每天上山种树！"

他从来没有对种树以外的行业心动过。"我开车上山的时候都在想，路边这些人，怎么一家店、一座果园，一辈子就满足了？"

赖桑再度豪气地把右手往桌上重重一拍："对的事，要做到很大！要做有意义的大事！"

"做对的事，做到很大！"这句话，成了故事的起点。

03 山上的一日

过去三十年，赖桑的每一天都是这么开始的：

清晨五点，旭日的微光才渗入房间，他便如闹钟般准时睁开眼睛。第一个浮现脑中的念头，是感谢："感谢上天又给我新的一天和健康的身体，可以多种几棵树……"

五点半　出发上山

赖桑永远是全家第一个起床的人。当家人仍在睡梦中时，他已经梳洗完毕，把头天晚上的剩饭拌些肉松，解决了一顿早餐。

第二个醒来的是妻子赖易宝。她的房间在客厅正上方，赖桑出门时，拉动铁卷门发出"叽叽嘎嘎"的声音，总会把她惊醒。不用看时钟，就知道五点半了。

开垦初期，也就是上山的前十五年，赖桑早上四点就起床，每周工作六天，只有周日才休息。近十年因年岁渐长，近六十岁了，林场的工作维持重于开垦，才慢慢改成早上五点起床。

在没有高速公路的年代，至少要一个半小时，才能从台中大雅，直上五十多公里外的林场。现在则只需要约四十分钟。

清晨的台中乡间，往往开十分钟也见不到一辆车。冷清的市街上，只有零星几家早餐店正准备开门做生意。

　　如果有人注意到这辆每天同一时间出现的车，一定会以为是要去做什么伟大的事业吧。应该完全没有人会想到，这个人是去做一项只花钱、不赚钱的事业，也没有老板天天盯进度，依然能三十年如一日。

　　每当车子从东势市区转进一路向西的雪山林道，初升的阳光已在层层叠叠的雪山山脉上镶上一道道暖金色的边。赖桑总是不得不眯起眼睛，放下驾驶座上方的遮阳板。

　　曾经，雪山林道两旁九成的农户都种高接梨。行情最好的时候，一甲地能收入两百多万元。近十年，还多了种甜柿的人家。赚钱的选择愈来愈多，赖桑却从来没有迷惘过。

　　他三十年如一日，一心一意只想种树。开车经过时，甚至刻意摇下车窗，不跟农户们打招呼。将人际接触减到最少，为的就是保持低调与专心。

　　如今，当太阳上工时，林场内的三十万棵树也会努力伸展枝叶，张大毛细孔，制造氧气。一想到这个充满希望的画面，尽管同一条路已经走了一万多遍，赖桑的心情还是会随着海拔逐渐升高而愈来愈激动。

林场有许多小步道，可以骑机车来去。

"一开始，我就知道这一场会千秋万世！"他熟练地转动方向盘，弯进林场大门。

千秋万世，乍听有些狂妄，但这并不是赖桑一人的异想世界，而是阿里山、溪头的千年神木教他的事。只不过，神木是老天的鬼斧神工，他则要用一个人的力量，复制森林的美与好。

六点 穿上工作服

一进入林场，谨慎的赖桑立刻关起门，不让闲杂人等进入，也把烦恼俗事隔绝在门外。接着，他换下原本的衬衫与西裤，穿上工作服，扛起锄头，灌满两升的水壶，就开始一天的工作。

这时候，时钟才正指向六点。赖桑永远是最早到的那一位。

八点左右，其他同仁也陆续出现。前十五年，货运行员工没工作时就会上山种树，后来林场又请了几位专职人员。长期以来，固定员工有七八位，包括赖桑的二儿子赖建宏。春夏种树、除草忙季则加雇临时工，总共约十五六位。

就靠这几个人的力量，三十年来，一百多公顷的土地上，已有三分之一种下了三十万棵树。以一年一万棵的速度来看，计算存活率，一个月至少得种下一千棵才行。

台北小巨蛋约有两公顷，而赖桑植木成林的土地上，足足有二十多个小巨蛋那么大。

因为面积实在太大，从林场最高处骑到底部，至少要十分钟，工作人员都是骑野狼机车代步。

但腿力强劲的赖桑，只靠一双腿，就能在陡坡上自由来去。

有一次，赖桑友人、金禹股份有限公司执行长林俊佑跟着赖桑下山。"跟在我后面！"赖桑只丢下一句话，便无视眼前六十度的陡坡，一头钻进没有路基的草丛，跨着大步直直往山坡下走。沿途，仅仅扶一下树干、拉一下钢管，五分钟后即达山脚。

"待会儿，也要这样上来吗？"林俊佑跟得气喘吁吁。

"不然咧？"赖桑笑着反问。半年前他做了一个身体机能测试，显示体能相当于三十岁的年轻人。

管理方式，乱中有序

管理如此庞大而久长的事业，背后是否有精密的成本计算与规划？常有人想打破砂锅问到底，赖桑大笑回应："乱中有序，自由自在啊，哈哈！"

上山之后，赖桑发现自己变得不那么容易烦躁了。什么都没有，反而比什么都有的时候更开心，"人愈复杂，质愈差"。他喜欢让事情保持简单，该浇多少水、多少天浇一次、树与树的距离该留多宽、哪一种树该种几棵，全部都没有仔细精算，管理的密度相当低。

"赖桑跟我们学正统森林管理的人，想法完全不一样！"林务主管部门负责人杨志宏曾上林场参观，大开眼界，"森林人大都很理性，赖桑却是感性的。"

赖桑戏称山下的世界是"凡间"。在凡间，每周就要定一次计划，每十五分钟就要完成一件事，时间被无止境的任务愈切愈碎。效率或许很高，做的却不一定是对的事。在神话故事中，天上的时间过得极慢，"山上一日，人间一年"，林场也是如此。

这里仿佛是另外一个时空。没有精确的标准作业流程，也没有紧迫的时间表，但赖桑不容许拖拉懒散。他定的都是大方向。多雨的夏天忙除草，凉爽的冬季好种树，每个月都有工作方向，顺着自然节气循序渐进。上山友人听到这一套时间观，常玩笑道："赖桑才是真正的不知人间疾苦！"

假设，赖桑的指令是"这个月要种五百棵树"或"这个月要修一条林道"，同仁自会盘算除草、整地该花的时间后，分头进行。

林场粗分为五十个地标，像是梅园、五叶松林、黄山、"音乐台"（种果树时期留下的梯田）等，作为沟通的参考点，比如说，"黄山旁边的樱花林，草该除一下了"。工作团队若要把这五十个点都巡过一轮，至少要花八个月。

中午十二点　午餐

日出而作后，直到中午十二点，噗噗噗的机车引擎声才会慢慢由远而近，所有同仁准时回到山屋，在小厨房做一顿简便午餐，在山屋前的茶亭迎着凉风共享。

有时是三菜一汤配白饭，有时是一大锅杂烩汤面。无论菜色，一定要配一碟赖桑最爱的咸花生。

吃完午餐后，大家再纷纷跨上机车，继续原来的工作。

"种树很简单，只有三个步骤：挖洞、放下树苗、浇水。"赖桑总是轻描淡写。有些人觉得这是风凉话。话说回来，种树究竟难在哪儿？"同样这三个步骤，你可以一个月做三十天、连续做三十年吗？"他话锋一转，"我跟其他人的差别，就在这里而已。"

原来，难的不是种，而是如何不让恐惧淹没了希望，持续种下去。

这些年来的花费，包括买地、买树苗、请工人等，赖桑都记在一个小本子里，总计约二十亿。若拿这二十亿去盖工厂、买房地产，甚至定存，投资回报率都远胜过在山上种树。但赖桑把多数人五辈子都赚不到的钱，全部定存在大自然。

而大自然也回报了丰厚的利息。

傍晚五点　下山返家

赖桑偶尔会在这里静静坐着，隔着一片摇曳树海，望向平原另一边的台中港。这种钞票买不到的满足与踏实，是支撑他三十年如一日的最终解答。对年近六十的赖桑而言，这三十年已平安度过，但不见得还有下一个三十年。"都是过一天，如何把这一天过得足——有意义，足——有希望，足——有价值？就是种树！"所以，每一天都要过得认真而满足才行。

当傍晚五点，噗噗噗的机车引擎声再度由远而近，同仁陆续

30

从森林各角落回到山屋前，汇报当天工作进度，确认隔天工作重点后，那种"终于又过了有意义的一天"的感受，特别强烈。

小路旁有个死去的杉木树头，形状像一个座椅，这是赖桑统帅森林大军的"阅兵台"。坐在上面，居高临下，林场树木高的、矮的、壮的、瘦的、绿的、红的，棵棵尽收眼底。

接着，赖桑才会满足地换回衬衫与西裤，开五十公里的路回家。继续怀抱着热切期待，迎接明天到来。

赖桑的中学同学张家荣说，赖桑偶尔会在下山后找他喝茶，脸上没有一丝疲累，反而总是兴高采烈："今天做得好累，但是好开心！今天（筋骨）最痛，但是痛得很爽！"

对赖桑而言，做想做的事，做到力气一点不留，时间一分不剩，才是痛快的人生。

04 森林里的牛仔

　　无论是从照片、影片或当面认识赖桑，第一次见面，很难不被他的外表吸引：

　　头顶宽边牛仔帽，肩披小碎花袖套，手裹粗棉布工作手套，身穿补丁西裤，脚套束口高筒雨鞋。宽版工作腰带上，左配一副园艺剪，右插一把折叠锯。

　　当他双手叉腰巡视林场，那威风凛凛的气势，仿佛刀一出鞘，横生乱长的树枝就要落地。

　　他是现代森林里的牛仔。

　　无论何时见到赖桑，都只有这身打扮，天冷时顶多加件铺棉背心。这身经年累月与自然磨合出来的混搭风格，不时尚，却很实用。

　　头上的丹宁布宽边牛仔帽，防晒、避雨，还能挡虫。森林里的人面蜘蛛多，尤其当夏天繁殖季一来，两棵树中间瞬间张满捕虫等待过冬的银白色罗网。不小心一头撞上，蜘蛛丝立刻粘得满头满脸。他的宽帽沿，刚好可以挡一挡。

　　赖桑身上也有四五件台湾大婶常戴的袖套，翠绿、蓝底白花、粉红小方格。袖套是避免蚊虫、蜜蜂叮咬的好帮手，牛仔穿上大婶配件，虽让人忍俊不禁，却非常实用。

　　不过种树是粗活，赖桑仍习惯在袖套里穿上有领子的衬衫和

POLO衫，总是那四五件轮流穿。最常穿的一件绿色POLO衫，是十多年前买车时车商送的纪念品，胸前还绣着脱线的"JEEP"字样。

用裤子的补丁写日记

最让人无法移开视线的，是赖桑的裤子。

那是条层层叠叠、缝了二十几处各色补丁的西裤。除了赖桑不爱的红色等鲜艳颜色，补丁有各种花色和材质，还有方格与迷彩。容易磨破的臀部与膝盖，补的是耐磨的丹宁布；大腿和腰际则补上软棉布，方便活动。

有人用笔写日记，赖桑用补丁写日记。每一块，他都记得是在森林中哪个角落留下的"纪念"。有时是在六十度陡坡上，跨着大步来去时扯破；有时是弯腰除草时猛然站起，被突出的树枝钩破的。

"有次，赖桑一个大箭步上坡，'嗤'一声，裤子侧边就裂成了开高衩！"当时正为赖桑做影像纪录片的导演廖志豪，笑得竟雨鞋也是标准配备。

忘了留下这一幕。

更多时候，是一屁股跌坐在满布岩石、树枝的山坡上磨破的。一般人裤子都是破膝盖，赖桑的裤子却多是破臀部，后口袋补得特别厚。

"没关系，这样坐在地上更不容易被草刺到。"他呵呵笑着说。

因为缝补次数实在太多，原本的布料剩不到两成，若不细看裤头和下摆，根本分不出原本的颜色了。

这样的裤子一共有四五条。当脏了、破了，赖桑就会带下山交给妻子处理。

妻子苦笑说，补一次裤子一百二十元。二十多年累计的花费，买十条新裤子都绰绰有余，节俭的赖桑却舍不得换。

二〇一三年女儿结婚时，妻子说服赖桑买了一件搭配西装的白衬衫。那是他最近一次买衣服。

没办法，只好苦了裁缝师。认识赖桑十多年的刘万崇夫妇，有次去拜访开家庭裁缝店的小姨子。看见缝纫机上千疮百孔的补丁裤，他们大吃一惊："这是谁的？""赖桑的啊！"

由于缝补时不是把原本的补丁拆掉，而是直接盖上新补丁，结果自然是愈补愈厚。好几次缝纫机一踩，针就"咔"一声应声折断。裁缝师直劝赖桑太太："这不要补了，没办法补了啊！"她只好另找裁缝店。

裤子太厚，清洗也是一大麻烦。"就算夏天，晾在阳台上三天也干不透！"赖易宝苦笑着说。

把森林带入凡间

这一身打扮，已经成为赖桑的注册商标。

山下的赖桑，穿的是蓝色西裤、黑色中筒皮鞋，与一般老先生无异，但上林场后或受邀演讲或出席活动，他一定会换上工作时的装束，瞬间变身"种树救地球"的超级英雄。

导演廖志豪回忆，二○一一年，赖桑第一次受邀到文藻外语大学演讲。"我问他：'你要穿什么？'他很有自信：'就是要穿在山上那样！'"赖桑认为，做什么要像什么，"这样才像森林里来的！"。

那一次，赖桑先穿着衬衫、西裤开车南下，沾满泥泞的车子也没刻意清洗，直到上台前一刻才换装。

果然，当他一身牛仔帽、袖套、补丁裤、雨鞋，大步跨上讲台，瞬间带来"落入凡间的森林牛仔"的视觉冲击，台下立刻爆出掌声与尖叫，不绝于耳。

就连时任台湾地区领导人马英九、台中市长胡志强等官员，拜访赖家开设在台中市区的云道咖啡馆时，赖桑仍是这身打扮见客，连腰间两把"武器"也没有取下的意思。

"大概从来没有人这样见马英九，随扈都一直紧张地盯着我看，哈哈！"赖桑笑得像个恶作剧的小男孩。

但既然领导人都不以为意，赖桑也自在地与他并肩而坐，干了一杯充满森林味道的牛樟咖啡。

"今天，我到台中拜访了一位正港（台湾闽南语，地道、纯正之意）男子汉。"马英九在当天的行程手札上，写下对赖桑的印象。

05 做对的事，种对的树

赖桑三十年来追求的、要做到很大的"对的事"，就是种树。

林场里的树超过百种，有肖楠、红桧、台湾榉、牛樟、扁柏、香杉、雪松、九芎、青枫、五叶松、红豆杉、山樱花、台湾圆柏等。

多数树种的共同点是：根深、树龄长、台湾本土种。它们都是高度超过十米的中、大型乔木，根系健全，能够保护山坡地。寿命动辄超过千年的红桧，更是神木的代名词。

符合这些要件，才是"对的树"。

种最有价值的树

十九世纪末，欧洲植物学家来台进行森林资源调查，发现有五种针叶树分布广及全岛，木理通直，有特殊之香气及色泽，材质亦佳，称为"台湾五木"：红桧、台湾扁柏、台湾杉、香杉与台湾肖楠。

这是林务主管部门网站上的介绍。而且，"台湾五木"在木材市场亦被评等为"针一级木"，意即针叶树中的顶级树种。

会种这些树其实是歪打正着。刚开始，赖桑不知道该种什

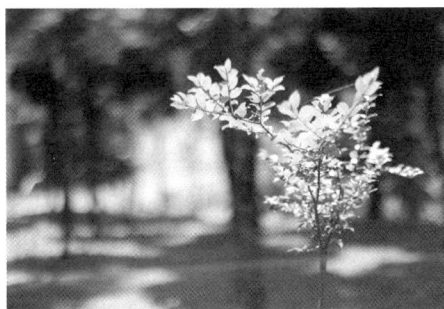

么，便跑去问许多木材行老板："什么树最有价值？"大家建议他："少年仔，要种，就要种肖楠！"这使赖桑前几年种的都是肖楠，足足有九万棵，早年还有个绰号叫"肖楠赖"。

肖楠是台湾的特有树种，由于纹路细致有芳香，常被用来制作神像、神桌与佛珠。肖楠连吸收大气中的二氧化碳，并贮存在树体内的"固定碳素"的能力也名列前茅。

根据相关主管部门的资料，台湾常见的九种针叶树中，肖楠的固碳力最高。每立方米树材，可固定二百六十二公克（注：公克为台湾地区常用重量单位，1公克＝1克）的碳，相当于一台一二五CC机车行驶四点五公里的排碳量。

但因为肖楠木长得慢，为顾及林相多样性，赖桑才陆续增加其他树种。除了其他针一级木，他还加种"阔一级木"，例如台湾榉与牛樟。

如今，从雪山林道望向赖桑林场，最高点就是一棵闽南语俗称"鸡油"的台湾榉木。那是他买下土地时早已经存在的老树，目前树龄超过百年，树干得两人牵手才能环抱。每当天气转凉，细小而青绿的树叶会转为红色，在一片针叶林里，显得万绿丛中一点红。

榉木固定碳素的能力更高了。每立方米木材，可固定三百四十八公克碳素，几乎可以抵消一二五CC机车跑六公里所产生的二氧化碳。

虽然有些外来树种固碳力比本土树种还高，但是为了保持原有生态与适地适种原则，赖桑坚持只种本土树种。

大雪山林业沧桑史

但是，在赖桑开始种树之前，大雪山这片土地上，原本有些什么呢？

历史，要从国民党迁台开始说起。

日据时代，台湾三大林场——八仙山、阿里山、太平山林场已被砍伐殆尽，亟需重建经费的当局，决定开发隶属八仙山林场的大雪山林区。一九五八年，台湾林业史上唯一的公司体制——大雪山林业股份有限公司便成立了。

在美国技术援助下，这里摒弃了日据时代以火车运送木材的传统，改以链锯砍伐，再以巨型连结卡车，将一根根三十米以上的红桧、松、铁杉，送至东势镇上的制材厂，为经济起飞时期的台湾带进高额外汇。

只是好景不长。根据相关部门制作的《230林道沿线人文历史口访调查研究计划》（注：230林道为大雪山林区的林道之一，九二一地震后因山路崩塌，封闭至今），原本预计可砍伐超过七十年的大雪山林区，因估计失准，十多年就被砍伐殆尽，严重破坏了大安溪与大甲溪的防洪功能。加上木材价格低迷，公司弊案丛生，十四年后，大雪山林业公司便遭到裁撤。

大雪山区中海拔的土地，多属山坡地保育区的农牧林木用地，现在许多在山区开垦的农人，正是当年伐木工人的后代。

六十年过去了，原本种着神木的山坡上，换成了各种浅根果树，槟榔、梅子、柠檬、香蕉、甜柿。因为收入不佳，或子女不愿接手，不少农人们便把土地卖给了赖桑。

历史，又回到了起点。

"三不"精神　保森林命脉

买下土地后，赖桑会先巡视一遍，看看是否有好的树木。若是没有，就不浇水、不施肥、不除草，半年后果树自然枯死，再一棵棵连根铲除。然后，才种下新的树苗。

"为什么不让土地自行慢慢长出杂木和杂草，而要用人工干预生态呢？"许多人听完赖桑的故事后，都会冒出这个疑问。

其实，现实状况是，放着不管并没有更好。例如，小花蔓泽兰的肆虐，就是一个问题。

小花蔓泽兰是一种南美洲的外来种植物，生长在中低海拔山区，尤其是废耕或无人管理的林区。这种乍看瘦弱的蔓藤，会沿着枝干攀爬到树冠上，进而将整棵树勒毙、覆盖、窒息。每年，当局都要投入两三千万元，防治这股"绿色之癌"，因此让山坡地被买下、造林、管理，应该是目前能想到的、对环境较友善的做法了。

为了不让美丽的大雪山再遭遇一次历史循环，赖桑才会立誓不砍伐、不买卖、不留给子孙的三不政策。

"这'三不'是林场的精神。万一三代、五代后，子孙好吃懒做，把树卖了，就不能永续了。"因此，他已决定要成立基金会管理，确保他亲手种下的这三十万株新生命，永远都在。

　　但是，台湾山区有数不尽的废弃果园，无论造林是要做水土保持或吸碳造氧，都是得动员数个体制的政策级任务。孤军奋战的赖桑，为什么要挑这件事情做？

第二章

抑郁的「尫仔」

家族企业称霸中部货运界，
身为"尫仔"的他没有养尊处优，
却像是头跟错群体的狮子，
郁郁寡欢。

01 睡牛栏的日子

一九五七年，赖桑出生于台中市大雅区，当时还称为台中县大雅乡。

那是个不平静的年代。国民党刚播迁来台八年，来年就发生"八二三炮战"，一年后，八七水灾重创中南部。

八七水灾是台湾史上最严重的天灾之一，三十多万灾民流离失所，损失超过新台币三十五亿元。台湾经济就像一个蹒跚学步的婴儿，好不容易站起，却又重重跌了一跤。

大雅所有的土角厝，也在一夕之间淹没在滚滚洪流中。

当时三岁的赖桑，甚至没有土角厝可以住。九岁前，父亲带着哥哥姐姐住在另一处，母亲、他和妹妹，则住在田中央牛睡觉用的牛舍里。

桥边送馒头的大哥哥

原屋主看这个带着几个小孩的女人可怜，便把牛牵去住在别处。空出来的牛舍，赖桑母亲把牛粪、草清理干净，就以一年房租二十元的代价，带着孩子们住了下来。

家中经济最拮据的这段时间，发生了一件令赖桑一辈子念念不忘的事。

林场常有许多新生小狗，是孩子们的玩伴。

因为家中食指浩繁，总是吃不饱的赖桑身材又瘦又小。但是，在小学上学途中的一座桥边，总会有一位二十岁左右的大哥哥等在那边，交给这位瘦弱的小弟弟一颗饱满的白馒头。赖桑高兴又害羞地接下，却从来不敢询问对方的姓名。这种状况，足足持续了两年。

长大后，赖桑几次想打听这位大哥哥，当面向他道谢，却没人知道这个人的背景。因此他特别把这段奇遇写在书中，希望这位好心的陌生哥哥能主动与他联络。

赖桑记忆中的母亲很有生意头脑。她会买来红色食用色素，加入麦芽和醋，一起用慢火熬煮，再把四颗鸟梨仔用竹签串成一串，放入铁锅里裹上厚厚一层红色糖浆后，再一根根插在稻草座上，母子俩一块儿扛着去菜市场叫卖。

母亲还卖过橘子和肥皂，她尤其会"喊生意"。把商品堆放在脚踏车后座上，边走边扯着喉咙喊："卖橘子喔！""卖肥皂喔！"年幼的赖桑就在一旁快步跟着。他数字概念不错，还能帮母亲算账。

但多数时候，母亲是一个人做生意。她担心年幼的赖桑乱跑，只好把他一个人锁在牛舍里，卖完东西后，再赶回去开门"放"赖桑去上学。等赖桑进教室时，往往已是上午九点以后，同学都上完两堂课了。

由于长期缺课，课业跟不上进度，赖桑的成绩愈来愈差。当年还时兴"打骂教育"，成绩不好，老师二话不说抄起藤条就打，还专打肌肉最少、筋骨最多的手背。

"我的手背都是一条一条的（淤青）。"回忆起来，赖桑仍一脸痛苦。

小学毕业后，遇上"九年义务教育"第二届。在学校得不到成就感的赖桑，愈读愈没兴趣，在放牛班勉强撑了三年毕业后，便不再升学了。

涂荣钦是赖桑在大雅中学的同班同学，两人坐在隔壁。因为个子不高，坐在教室中间偏后的位置。他记忆中，赖桑不多话，有些内向，并不特别引人注目。

另一位邻居兼同学张家荣，也对中学时期的赖桑没有深刻印象。

"我比较晚开智能，"赖桑常这么自嘲，也不免有些遗憾，"如果小学能准时上学，说不定能在学校读久一点。"

亲近自然的童年

二十世纪五六十年代的台湾，孩子很穷，但不虞匮乏。因为，大地就是他们最丰盛的游乐场。

赖桑也有一个很亲近自然的少年时期。中学下课后，他没有流连在年轻人爱去的弹子房，而是和三五个不爱读书的同学，一起打尫仔标、去溪边抓泥鳅和大肚鱼，或爬上大水沟旁的野生果树，摘芭乐和橘子。

这群好动的青春期男生最爱的游戏是"摔泥碗"——把湿泥土捏成手掌大的碗状，托在手上，再"啵"一声用力把碗反扣在地上，碗底会"啪"一声爆裂。谁能把碗捏得碗底薄、碗口厚，碗底破洞就愈大，另一方就得用自己的泥土替对方补破洞。泥团最大的人，就获得最后胜利。

尽管看不出与树木的特殊渊源，但这些童年记忆是赖桑爱上大自然的开始。只是，这样整天与自然为伍的好日子，在赖桑十四岁加入家中货运公司后，便宣告结束。

02 格格不入的货运小开

赖桑两岁时，十四岁的大哥开始做起生意，用两轮板车帮人运货。他十岁之后，父亲也加入创业行列，板车换成了三轮车，事业渐渐上了轨道。

小学毕业后，赖桑开始去父兄的公司帮忙。当大卡车倒下一车车砂石，他就立刻抄起几乎跟他一样高的铁铲，将砂石一铲铲分装到三轮车上，再推去小型建筑工地。

当时的台湾，经济正要起飞。工业逐渐取代农业，经济增长率以每年百分之十到二十的速度大步向前。台湾以相对低廉的人力，全力发展加工出口业，在国际市场中取得关键角色。

一九六八年，继高雄、楠梓之后，紧邻大雅的潭子工业区也被规划为加工出口区，并称台湾三大加工出口区。

赖桑父兄的小生意，随着台湾经济一同成长，三轮车也进化成四轮铁牛车、四轮货卡车和八轮连结货柜车。这家公司便是大铭货运，一度是中部最大的运输公司，台中八九成以上的公司都是它的客户，可说是无人不知、无人不晓。

极盛时期，共有上百位司机驾着一千五百多部写着"大铭货运"的拖车头，在贯穿台湾西部平原的纵贯线公路上飞快奔驰着。运输业的特殊之处在于，货车必须先开到厂商处暂置，等待厂商上货，或与其他公司并货。这种暂置短则两三天，长则一两年轻时的赖桑，相当"飘撇"（注："飘撇"在闽南语中为"潇洒"之意）。

周，运输公司必须有足够的货车才能调配，所以才会出现车比人多的状况。

快速称霸货运界

大铭货运的快速称霸，要归功于赖桑的父亲。

赖桑的父亲赖昆阳，人称"老董仔"，很懂得嗅闻商机，加上个性果断，投资不手软，很快就打造出无人能及的运输军团。

"他有度量，又很杀气，敢投资，只有一千万，却要做三亿的生意！"赖桑这样描述记忆中的父亲。

家住赖桑家后面巷子的邻居张信源说，一般人是赚到一辆车的钱，才敢再买一辆车，但老董仔是钱还没赚够，就敢拿原本的车去贷款，再多买两辆车。就这样一辆变三辆、三辆变六辆……别人赚钱是等加级数，大铭货运赚钱却是等比级数。加上货运业利润惊人，最巅峰时期，大铭一天的净利润高达新台币近百万元，足以在当时的大雅买下两栋透天楼仔厝（注：指买断土地的自有房屋）。

运输业最重要的生财工具，除了车，就是司机。

赖桑的大儿子赖建忠记得，阿公很海派，请员工喝饮料是以"卡车"为单位，调度场里经常停着一整车的维士比，任员工自由拿取。而且如果家里有困难得借钱调度，找老董仔就对了，因为不用还！

身为运输业一方之霸的赖昆阳，连发奖金的方式也很霸气。

有一年过年，他请人从银行装来一百万台币现金，"唰"的一声倒在办公桌上。当年的千元大钞纸质较厚、体积较大，比新版千元大钞要长一厘米。一沓沓堆叠起来后十分壮观，仿佛一座黄蓝色的钱山。

子孙与员工在门口排成一列，轮流走进去向老董仔拜年，说声"新年快乐"、"万事如意"后，他便笑呵呵地抽出几张千元大钞做奖赏。不是科学化的绩效考核制度，但十分振奋人心。

不分昼夜奔波纵贯线

十四岁后，赖桑正式加入公司，从捆工、整车底开始做起；十八岁后考得驾照，才从车外晋升到车内，担任货车司机。年龄再大一点，还要学车辆调度和业务，什么都得要会，这个"富二代"当得一点都不轻松。

照理说，父兄打拼下来的庞大江山，身为幺子的赖桑只要好好做，就能确保一辈子衣食无虞。但他总是隐约感觉，自己和这个事业格格不入。

首先，随时可能发生的交通意外，使他无法放松。高速公路

一九七八年才全面完工，因此赖桑有七年是开着货车在纵贯线上送货，不分昼夜，随时出车。

纵贯线长达四百六十公里，加上许多深入山区、海滨的支线，远不如现代道路宽阔平整。一个转弯不当，一次超车不慎，可能就要付出生命的代价。

经常，赖桑开着开着，前方便突然开始塞车，好不容易龟速通过，才发现一辆"长头仔"（过去的旧型货车车头长，故有此称呼）翻倒在路边，一群猪只在路上奔窜、哀号，严重的时候更是车毁人亡。

这样的画面，看一次就足以使人好几天心神不宁。而赖桑天天开着车，从台中开到高雄，又从高雄驶上台北，运气不好的时候，一趟车就会看到几起车祸，一个月至少得看十几次。

"血淋淋的，实在很痛苦。"赖桑皱起眉。俗谚形容司机工作危险，说这是"红衣穿一半"的行业，暴露在随时可能溅血的意外中。因此，以前的女生都不愿意嫁给货车司机。

日后即便转任管理职，不必再亲自开车，赖桑的心情依然时时提心吊胆。一般工厂的器械资产都在厂房里，但货运行的上千重视行车安全的赖桑，偏好大马力的吉普车。

辆货车都在大街小巷跑，而且二十四小时出车，赖桑最怕半夜接到司机的电话，因为九成都是意外事故。

什么样的工作环境，就会训练出什么样的人。赖桑的细心与严谨，便是从事货运的不安全感训练出来的。

他开车速度飞快，却十分平稳。即使是蜿蜒狭窄的山路，方向盘也使得流畅利落，乘客只要闭起眼睛，感受与平地无异。

但也由于看多了意外画面，赖桑开车十分专注，眼观四方，尤其绝对与大车保持距离，不开在前面，也不跟在后面，更不平行。因为开在大车前面，大车遇到紧急状况时根本刹不住，就会撞上去；跟在后面和旁边，路面颠簸时货物掉下，或遇上爆胎，更是第一个要倒大霉。

"开车要懂得算'生死门'，"赖桑常说，遇到大车就赶快脱离，否则因重力加速度，撞击力比一般轿车大好几十倍，"危机意识比人家强，危险和伤害就会降低。"

导演廖志豪回忆，有一次，他与赖桑开车到高雄演讲。高速公路上，远远看到一两百米的前方有一辆载满货物的大卡车。廖志豪立即切入内侧车道准备超车，赖桑却开口了："你这样不行。

要开到可以超车的距离后，再快速换车道超车。"

因为十分注意驾驶安全，汽车是生活节俭的赖桑少数愿意多花一点钱的地方。他开的是一辆大马力的吉普车，原因是这种车马力大、扭力强，遇到突发状况时才有足够能力应变。

两夫妻月薪仅五千元

最后一个原因是金钱。

成家后，赖桑和妻子两人全天都在货运行上班。凌晨两点，妻子赖易宝准备起床做早餐时，赖桑往往才刚回到家，她经常是在丈夫用洗衣板搓衣服的唰唰声中起床的。

虽然吃、住都在公司，但是一个月的薪水只有五千元，根本不够一家五口花用。赖易宝的母乳不够，得去跟小姑借钱买营养品；大儿子的幼稚园学费没着落，则要跟家族伸手。

但要了还不是马上给。大儿子建忠记得，小时候为了看医生，经常得带着弟弟、妹妹在长辈的办公桌旁"罚站"，等对方工作告一段落，才愿意抽出几张钞票打发他们。

这样的日子一直过到赖桑将近三十岁，父亲赖昆阳觉得不妥，才决定发给兄弟们每个月约八万元薪水，但也只跟司机不相上下。

觉得付出无法得到对等回报，其中一位兄长便离开家族事业，创业去了。赖桑却因为阮囊羞涩，只好继续被困在家族事业里。

03 夹缝中求生存

另一件使赖桑感觉格格不入的，是公司里复杂的人事。

货运司机素质参差不齐、三教九流，管理起来特别费心思。

赖桑当时担任经理，公司里不少同仁都是经过他面试雇用的，也因此练就一套"三分钟识人术"——下车动作是拖拉，还是利落？走路姿势是萎靡，还是精神？说话方式是彬彬有礼，还是出口成"脏"？下车走三步、讲三句话、相处三分钟，三个观察点就能判断是否该雇用。

赖桑深信，家庭环境对人品有关键影响。所以抽烟吃槟榔，扣分；家人从事八大行业，扣分；爱批评抱怨，也会扣分。

因为在那个没有GPS定位系统的年代，司机一把车开出调度场，就像奔出栅栏的野马，公司根本管不到，所以司机更要精挑细选。

比如说，有些司机会偷偷"抓老鼠"——把油箱里的汽油抽出来，卖给同行。或是在收费站前先下交流道，过了收费站后再重新上交流道，将省下的回数票卖出获利。

因为见识过人心险恶，赖桑交朋友十分小心，尤其重视职业和家庭背景。不是因为他势利，而是为了避免不必要的麻烦。

排行老幺　只能逆来顺受

　　运输，是一个十分阳刚的行业。试想：当上百个抽烟喝酒又刺青的男人聚在一起，比的难道是谁修养好、谁讲道理？错了，比的其实是谁的拳头大，谁又位高权重。

　　加上大铭货运是传统家族企业，权力、福利一律由大排到小。

　　家庭生活中，老董仔捐救护车，第一辆用大哥名字捐，第二辆用二哥的名字，第四辆才轮到幺弟赖桑。

　　公司里也一样：大哥当董事长，管账；三哥业务能力强，做总经理；年纪最小的赖桑只捡到经理的缺。这样的职务安排，十多年来从没变过。

　　个性善良的赖桑，总是长辈们挑剩了的才轮到他。二十九岁那年的一个晚上，家族里的冲突终于爆发。

　　有一天晚上，负责出车调度的长辈出门应酬，眼看叠货的最后时间快到了，还是不见人影。求好心切的赖桑立即揽下现场指挥权，指挥捆工赶紧将货依序拉进仓库，叠货、集货，隔天下午才能准时出车去港口，赶上船期。

晚上十一点，班表终于安排好了，赖桑松了一口气。不料刚过半夜，安静的调度场里便传来一阵喧闹："排这什么？拢总换掉！"

赖桑冲出去一看，只见长辈在调度场中央咆哮。周遭围着一群司机和捆工，不知该听谁的。

赖桑不想正面冲突，只好换掉了原本的班表，但他在同仁面前作为领导者的自信与自尊，也仿佛被大货车猛力辗过一般，支离破碎。

那个晚上，赖桑失眠了。被羞辱的画面一遍又一遍在脑海里重复播放。好不容易挨到天亮，他立刻起身去敲长辈的门。

一进门，赖桑二话不说，"咚"一声，双膝落地。"为什么，你要这样对待我？"他用微弱的口气，近乎求饶地问。

看到晚辈这番无助的模样，对方只是转过头，一句话也不吭。赖桑的脾气也拗："不说话没关系，我跪到你们开口为止！"

事情最后如何收尾，赖桑自己也忘了，但看得出来，他不喜欢与人争执，尤其是面对家族冲突，宁可委屈退让。

这件事透露，打从年轻时，赖桑就是一个"思想极端，行为坚持"的人。

森林　唯一疗愈出口

但是，公司不比家庭，它是一个"有权力才有地位"的江湖。和一群狮子相处，最好的方法就是变成一头狮子。想阻止狮子猎食，只会使自己变成狮子的猎物。赖桑的忍气吞声，看在同仁眼中，却被解读成懦弱怕事。

当类似状况一再发生，即使同仁都是赖桑亲自面试，也开始出现"西瓜倚大边"效应。该听谁的话、"投资"谁更有前途，对政治风向敏感的人，很快就选定了效忠的对象。

渐渐地，年轻的同仁开始不听号令，三四十岁的司机干部甚至懒得隐藏对这个小弟的不屑，故意出言冒犯，对他喊"细汉仔"（闽南语，指年长者对年少者出言不逊，颐指气使）。

有一次，几位司机不服指挥，赖桑嗓门大了点，对方竟扭头就到前门去抄棍子要打人，赖桑只好赶紧从后门逃走。

回想这段时期的"收获"，赖桑总是说，这是"磨炼一百趴！刺激一百趴！瞧不起一百趴！"磨炼是工作给的，刺激是长辈给的，瞧不起则是员工给的。

想做的计划无法成就，应得的权利无法伸张，身边也没有一个人愿意肯定他、同情他、支持他。他觉得自己好像一头跟错群体的狮子，每一天，心情都被攻击得遍体鳞伤。他不断自问："我怎么这么无权？为什么什么事都无法参与？"

但无论受了再大的委屈，却有一个地方能立即疗愈伤口，使他快乐、放松起来。这个地方就是森林。

04 仰望神木，看见希望

赖桑已经不记得第一次对森林感动，是什么时候的事了，但他始终记得，每一株树木的每一片叶子、每一根枝条，都使他感到希望无穷。

十多岁时的某一天，在结束惊险而混乱的一周后，赖桑溜下驾驶座，偷偷跨上机车，从台中大雅一路骑去了阿里山。

现实生活中，他的工作环境时时弥漫着尘土与刺鼻的柴油味，但是一骑进山里，夹道树荫把都市的喧嚣隔绝在外，一股湿润的、带着草香的空气与风，从树林间迎面徐徐吹来。

仿佛回到家中的自在，使赖桑不自觉地闭上眼睛。

那一次，就在阿里山森林铁路旁，他第一次见到阿里山神木——一棵三千多年的红桧（注：这株神木已经枯死遭倒放）。

仔细算算，当周武王正率领各部族讨伐暴虐的纣王时，这棵红桧种子就已隔着台湾海峡，悄悄在阿里山上发芽了。

"怎么会这么伟大？"赖桑不住地赞叹。他抬起头，想看清楚神木的顶端，却被金色的阳光刺得睁不开眼。

"世间有两种大，一种固定大，一种无限大。土地很大，财产很大，都是固定大，树的生长却是无限大！"

那天中午，他开心地买了一个便当，坐在神木下一口一口吃个精光。

银杏又名"公孙树"，意指阿公种的树，儿孙才能看见树长大。

约会　带女朋友去看树

从此之后，"看神木"就成为这个年轻人的特殊嗜好。朋友告诉他哪里有神木，他就兴冲冲地带着便当上山，坐在树下"野餐"。

"这意境多高啊！是千秋万世的意境！无限大的意境！"他总是边吃边赞叹。

赖桑的妻子赖易宝也记得，二十岁出头谈恋爱，每次约会，赖桑总是骑着机车带她往山上跑，"说要去看树"。今天去拉拉山，下次又去溪头。

她想不通："树，到底有什么好看？"

但是对赖桑而言，没有什么比树更好看的了。他看树的方式与众不同，别人看见的，是树的现在；他观察的，却是树的未来。

有一次，赖桑去参观桃园复兴乡的拉拉山神木群。虽然高度超过海拔一千五百米，从平地开车上山至少要三小时，但每到假日，塞车的阵仗总是蔓延到距离入口处两三公里，停车场也被中型游览车停得满满的。

"交通不便，还要花一百元买门票，为什么人们还是要上山？"塞在车阵中的赖桑开始思考。

因为稀有。

拉拉山保护区有六千多公顷，仅有三十多公顷对外开放。但是这片不到两百分之一面积的土地上，就有二十四棵寿命五百到三千年的参天红桧，是世界上最大的神木群之一。

赖桑仿佛变成神木群的俘虏，每隔一段时间，就要从台中开四五个小时的车，上山看神木。

稀有，就会产生价值。

价值有了，名气旺了，人潮就开始络绎不绝。赖桑每一次上山都是大排长龙，一批人出来了，另一批人又等着要走入秘境，一览这群大自然的人瑞。最后，媒体、大官、名人都不请自来了。

选择众叛亲离的道路

在家族事业做得郁郁寡欢的赖桑，不禁开始幻想："树种下去就会自己大，一张票却要一百元。这种赚钱效率，也太高了！"

但他脑筋一转："种别的东西，也能这么有价值、如此有效率吗？"

他想到公司旁边的一块田，专门种水稻。每天上班经过时，都会看到农夫辛勤地依着时序耕田、插秧、锄草、施肥、收割。年复一年，重新来过。

林场的夕阳。

"为什么要常常一再重来？因为有价值的是土地，不是上面的作物。"他认为，这样的工作很痛苦，也没希望，"再勤劳的人，一直做重复的工作，也是会懒！"

然而，山上的土地价格远不如平地高，为什么仍能吸引这么多人上山？

关键不在土地本身，而是土地上长出来的"东西"。这个"东西"，必须能创造一个不必时时刻刻密集管理，也能自动运转的生态系统，进而产生恒久不变的价值。如此一来，人就能从无线回圈的工作循环中彻底解脱。

当年，中部地区九成厂家都是大铭货运的客户，包括赫赫有名的光男实业与三胜制帽。多数人都喜欢"大"，做生意也想要拼"第一大"，但在赖桑做运输的十七年间，见过超过五千家厂商，从起步、非凡到陨落，最后不是倒闭，就是换老板。即使曾是"第一大"，风光三年、十年、三十年后，仍逃不过时间的考验。

难道，"永续经营"和"基业长青"，只是存在于管理教科书里的神话吗？

答案，其实就在大自然身上。神木群已经用三千年印证，这个能千秋万世自行运转的生态系统，就是种树。"种树，才是一个有生命力的事业！"

站在神木群中的赖桑一瞬间明白了，那个在心里不断呼唤他的事业，非但跟兄长们不一样，也跟客户们截然不同。不一定后无来者，但绝对前无古人。

"'第一'会被第二名赶上，'唯一'却无法被取代。我不要拼第一，我要拼唯一！"终于，他找到逃离那个噬人狮群的出口。

他甚至有点沾沾自喜，看过神木的人何止千万，却只有他悟出这个道理。

他却不知道，那是因为只有他没意识到，这是条几近众叛亲离、自我毁灭的道路。

第三章

秃山上的憨人

三十岁那年，
多付了近三千万却买来一座垃圾山。
开始实践梦想的路，
崎岖坎坷，步步血泪。

01 买下一座垃圾山

种树的念头像一颗种子，在年轻的赖桑的心里，曾经埋藏了十多年。每上山看一次神木，就像多给它浇些水、施点肥，只待时机迸发。

有一天，一个大雅当地的土地掮客来到赖家，想兜售一块大雪山上的土地。

"阮屘仔（闽南语，老幺之意）爱山，你去找他！"山上土地不值钱，兄长们没兴趣，找了个话术就打发对方。

掮客转而找上赖桑。

"山上的土地？在哪里？多大？多少钱？"

"七甲，三千多万。大概在十Ｋ那里，没有很高啦！"

"好，我买了！"

交易过程不到五分钟。

这不是赖桑名下的第一笔土地。每一次父亲赚了钱，就会轮流用四个兄弟的名字买房、买地。只是赖桑年纪最小，想分哪块地、要买什么房，他从没有话语权，一向是父兄说了算。

但这一次，是他人生第一次能够自己做主的大决定。可能因为太兴奋，甚至连上山看一眼都没有，就签了约。掮客怕他后悔，特地拉了赖桑父亲做保证人。

这一年，赖桑二十九岁。

林场地底仍埋有许多垃圾，一开垦就会被挖出来。

事后证明，这个投资菜鸟的确被骗了。这里一甲土地只值一百二十万元，他多付了将近三千万元。"没关系，今天你骗我三千万，以后我会赚三亿，加倍奉还！"赖桑暗暗发誓。

但是，真正的灾难还在后头。

几个礼拜后，赖桑终于抽出时间，兴冲冲地去大雪山查看自己的新王国。车子在翠绿的山路上一转一绕，愈爬愈高，他的心跳也愈来愈快。他就像一个等不及要拆圣诞礼物的小男孩。

停好车，爬上山，赖桑却被眼前的景象惊呆了……

土地上全部被倒满了垃圾！一包包的家庭垃圾、建筑工地废土、板模、水泥块，还有各种不知名的废弃物，横七竖八地躺在地上，被数不清的绿头苍蝇嗡嗡包围。

原来，这块地原本是果园，但因长年荒废，成为偷倒废弃物的地方。赖桑四处张望，周遭的土地全是一望无际的水果园，自己的土地却是峰峰相连的垃圾山。他顿时口干舌燥，眼前发黑，只好慢慢蹲下来。

"没关系，最坏的都给我吧！"他无法理解为什么即使自己做决定，仍无法挣脱宿命，但念头一转，"还好我家做运输，就当是上天安排的使命吧！"

遇上这种场面，还能不愠不怒说出这种话，真的是超人。但如果真要说赖桑有什么无敌超能力，那一定是"瞬间转念"的本事。

这是大家族与运输业给他的、包了苦涩外衣的祝福。

树还没种　先清六万多吨垃圾

从那天起，一辆辆印着"大铭货运"字样的中型卡车开始上山。怪手与工人们一铲铲将垃圾挖出来、倒上车，再一车车轰隆隆地运下山。林业时期后，雪山山区就再也没有过这么大阵仗的开发了。

前后总共花了好几个月，足足运了两千多趟，才把六万多吨垃圾清光，相当于全台湾二千三百万人三天产生的垃圾量。

接下来，赖桑就开始了公司、山上两边跑的日子。虽然还是在经营事业，但八成的心力已经放到山上了。

为了在无法上山的日子仍可以看见向往的山林，赖桑特地请朋友在自己的办公小阁楼夹板墙上，里里外外用深浅不一的油彩，画满一株株大树，远看就像一片森林。因为花了好大一笔钱，还被妻子念叨了一顿。

赖桑运用家族资源处理山坡地废弃物的事，终究还是传到家族长辈耳里。"散装那一块给你，以后，你就自己独立做吧！"家族怕对公司造成损失，便把当时已逐渐没落的部分事业分给小弟。甚至怕别人说闲话，要赖桑签下一份切结书，声明是"自愿买山"。

赖桑还是一如往常，一句话也没争辩就答应了，只是心里暗暗发誓："兄弟登山，各自努力，山顶会合论天下！"

　　尽管如此，他还是非常难受。想起刚创业的时候，父子五人辛苦打拼的情景，三更半夜要起床出车，也没有一句怨言。直到现在，他还珍藏着公司刚创立时的铁制保险箱，一帧帧创业时期的泛黄老照片，也都装订裱框，挂在住家四楼的墙上。

　　俗语说："同患难，不能同享福。"当财富一点一滴累积，手足亲情也在不知不觉中变质了。除了家族想和他切割，赖家的亲戚朋友，甚至货运行的老主顾，每一个人都反对这个厘仔买山，不是说他"疯子"、"呆子"，就是"笨"。

　　赖桑的母亲更是常常念他"入山会变黑干"（指被晒得又黑又干），山里没东西吃，日头又大，"不是饿死、冷死，就是干死"。"拿这些钱搭铁皮屋租人，不是卡赢（注："卡赢"在闽南语中为"很好"之意）？入山吃啥？吃土？"

　　赖桑仍旧一句话也不辩解。后来，他和妻子共同经营名为"大雅货运"的小货运行，业务清闲时，就把妻子与主管留在公司控场，他则带着十多位员工上山种树。

　　刚开始是两边兼着做，但两年后，赖桑三十一岁那一年，他终于硬下心告诉妻子：

　　"明天开始，货运行就全部交给你，我要上山种树去了。"

02 荒山开垦，花钱如流水

常常上山看神木、埋藏种树想法十多年的赖桑，其实从来没有种过树。

买下的第一块山，垃圾清完后，站在一片黄沙滚滚的光秃山坡上，他不禁发呆了："到底要种什么树呢？"

他想起，做运输时，经常帮木材行将一根根三十米以上的珍贵树材，一车一车地运往台中港输出外销。一想到这，罪恶感就油然而生："原来，这么多树的生命终结了，我竟是帮凶……"

他决定要把做货运十七年间运走的那些树，种回来。

他到台湾中部的木材集散地丰原，一家一家地询问木材行老板："我要去山上种树，种什么好？"

问了二三十家，每个人的回答都很类似，不脱肖楠、牛樟、桧木、五叶松、山樱花等几种，这些都是台湾的本土树种。其中最多人提起的，就是肖楠。

"少年仔我没骗你，肖楠给他种下去就对啦！"

"肖楠？什么是肖楠？"当时的赖桑一头雾水。

台湾肖楠是台湾特有树种，分布在台湾中、北部海拔一千米左右的山区，树高最高可达五十米，相当于十六层楼高。属于柏科，外表乍看有些像桧木，但叶片扁平像鳞片。每年春天来临，

肖楠是木材行老板们最推荐的树种。

每一撮苍绿的老叶末端就会伸出一小截翠绿的鳞片，在阳光下闪闪发光。

肖楠的木材是淡金色，俗称"黄肉仔"。纹理细致，散发着淡淡香气，也不受白蚁蠹蛀，所以常用来制作佛桌、佛珠，雕刻神像，很受木材行喜爱。

了解过后，他决定从台湾肖楠种起。"好，买了！"赖桑大笔一挥，第一批价值数十万的千百株树苗就送进了林场。

让土壤恢复生命

刚开始，赖桑买的都是几十元一株、仅仅十五厘米高的幼苗。后来为了"花钱买时间"，才购买一到两尺高、已经一年龄的幼苗，也能提高树苗的存活率。

决定树种后，还有更大的问题要克服。

依照过去果农习惯，果园里的杂草会跟果树抢肥料，恨不得"斩草除根"。为了提高效率，多数人都选择简便快速的方法：花上半天喷洒除草剂，隔天，地上的一片翠绿瞬间就会变成一片焦黄。

这个方法乍看一劳永逸，但长期来看，反而是果树杀手。因为，除草剂会使土质变酸，变得干硬、结块，导致果树根系生长受阻，养分与水分吸收效率下降，生长状况变差，反而更难抵抗病虫害侵袭。

不明就里的农人，只好再花钱买更好的肥料、洒更多的农药，但这就像是给嘴巴张不开的病人灌补品，徒劳无功。更糟的是，当杂草被连根除尽后，土地涵养水源的功能也丧失了。

大雨过后，杂草茂盛的土地上总会挂着许多雨珠，最后渗入土地。就像是植物的水壶，干旱时根部就能吸收这些水分，不致枯死。

但没了杂草的缓冲保护，大片土地裸露在外，当雨水落下时，水直接击中土地后就径流而去。非但植物根部无法蓄水，雨势愈大，土地承受的冲击也愈大，严重的泥石流灾情往往就这么发生了。

果园里发生的问题，与二十世纪六十年代的环保文学巨作《寂静的春天》（*Silent Spring*）中的描述如出一辙："没有植物，任何动物都无法生存，而我们不断喷洒农药是在扼杀土壤的生命。土中生物没了，土壤将是死的，到最后什么植物都长不出来，最终是扼杀我们自己。

"我们太轻忽了，没利用价值，甚至只是生长地点不对，就视为杂草，用除草剂去除。大自然的各种植物自有其重要地位，它提供给鸟类和其他小动物食物、庇护及栖息处。使用农药、除草剂，整个生态系统遭到破坏，生物之间互相维系的经纬线也被斩断。"

种树后必须立刻浇水，让树苗盆栽的土与山土结合。

树种到哪儿，水管就跟到哪儿

由于赖桑的土地四周都被果园包围，附近土地生态早已被破坏，缺乏水源。要把树种回这片光秃秃的土地，缺水，是亟须面临的另一大挑战。

一株三十厘米高的树苗刚种下土的前三个月，是存活的关键期。由于根不够深，浅层土地所含的水分又不够，只能靠人工浇水来补充。要浇到土地湿透，甚至湿软的地步，树苗盆栽所带的土才能与土地完全结合，结合后，根才能开始向外伸展。否则，盆土原有的水分反而会被旁边的干土吸走，树苗死得更快。

因此，树种到哪儿，水管就得牵到哪儿。就像给新生儿喂奶一样，得一棵一棵、定时定量地细心喂。

水若是没跟上，冬天还能撑几天，夏天热，不到一周树就开始枯萎。阔叶树的叶子会先垂软无力，还容易及时警觉，但针叶树会直接变黄，那代表树干、树枝都已经干透，就算立刻大量浇水，也回天乏术了。

尽管山上有泉水，但得建水塔、拉水管、开节点，需要一笔工程资金，才能将水引到每一棵树旁。为了种好树，赖桑没有一丁点犹豫，"好，牵了！"现在整座山上，弯弯曲曲牵了长达四十公里的水管，相当于台北到桃园的距离。

但这样还是不够。

由于树苗容易因风吹雨打而弯折受损，所以还得在旁边插上一根管子，将它固定起来。这根管子有竹枝做的，也有镀锌的钚管。前者一根四十元，后者因为不会腐坏生锈，价格翻倍，一根八十元。

赖桑的儿子赖建忠昵称顶端涂了红漆的钚管是"小红头"。别小看这根管子，它的作用可大了。

"风强的时候，它们会抓住小树苗的手，不让它们被吹得东倒西歪；除草的时候，它们会用醒目的、红红的头，提醒大家这里有棵可爱的小树，千万别踩到或割到了。一直到小树苗逐渐长大，它们才完成了阶段任务，耐心地等待下一批小树苗来到，周而复始。"他在粉丝团的文章里写着。

林场里至少有八万枝"小红头"，总共要六百四十万元。

憨憨地做，别想那么多

为了让土地充分休息，赖桑坚决不用除草剂和肥料。夏天雷雨过后，杂草长得特别茂盛，都快盖过树苗了，怎么办呢？这时候就会找来三五位临时工，背着重达十公斤的除草机，在猛烈的太阳下，忍着熏人的柴油味，在六十度的陡坡上来回除草。

菅芒草尤其是杂草中的顽劣分子，它高速的再生力与繁殖树苗种下后，要将周围野草清除，以免生长速度过快掩盖了树苗。

力，常常让刚种下的小树来不及长大便枯死了。

赖桑对付它的方法是，先用双手连根挖起，拍除根部土壤后，再倒覆任由日光曝晒，才能一劳永逸。而晒干了的枯草，也成了鸟儿筑巢最佳的材料。

曾经有客人问赖桑："它长很快，你挖一株，它生十株，永远除不完。"赖桑想都没想就酷酷地回答："憨憨地做，别想那么多，就好了！"

赖桑常开玩笑说，种树没啥大学问，"吃饱、挖坑、种树"而已。然而，细看每一个步骤，买地、买树苗、牵水管、插钣管、除草、工人薪资，每一笔都是钱。

赖桑慢不下来，也不想慢。有些人花钱保守，用多少才买多少，但赖桑不是。树苗、钣管一买，动辄都是十万、百万起跳。

"种树不能等啊！钱可以晚两年还，树晚两年种，就慢了！"赖桑认为，门外汉如他，只能靠快做、快问。

但做得快，钱自然就得花费如流水，财务变成开垦初期的最大压力来源。一个接着一个的付款期限仿佛滔天巨浪，一波接一波涌上，几乎要使人窒息了。

03 不敢抬头的日子

刚开始种树时，赖桑是不敢抬头的。因为一抬头，就会看到头顶那片黄沙滚滚，仿佛一片永远不会缩小的荒漠。

当初，他是为了逃离压抑的公司，实现种树与独当一面的理想，才来到这片广阔的山林。但他渐渐发现，必须不断从山下搬资金上山，先用黄金换烂地后，才可能再把烂地变成黄金。

山下，是无法实现自我的压力；山上，是花钱有去无回的压力。这种压力并没更小，反而像一个愈转愈快的漩涡，把家人全都卷了进来。

父兄缩手不愿提供金援

尽管万般不愿意，但金钱缺口实在太大了，赖桑初期还是厚着脸皮去跟家族求金援。

他请家族先给他五千万，日后再用土地偿还，家族也同意了。不料款项拨下三分之二时，对方却突然反悔，扣住剩下的三分之一不愿意给。

森林都已经开垦下去了，厂商、工人都等着请款，怎么办？

赖桑急得像热锅上的蚂蚁，决定亲自去找长辈协调。从下午两点谈到半夜，从日正当中讲到满天星斗，十几个小时，好话、歹话都说尽，长辈们却是铁了心肠，没有人愿意看在一家人的分上，帮助这个小弟渡过难关。

半夜十二点，忧心的太太赖易宝出门找丈夫。"算了，回家吧！"她苦苦地又劝又拉，丈夫却像头固执的牛，抵死不愿意离开。

被逼到几近发狂的赖桑，被欺压的往事一瞬间全涌进脑海。他不能理解，本是同根生，既已避走山林，为何还要苦苦相逼？

"你们，说话不算话……"他恨恨地咬紧牙关，一个字一个字，仿佛从齿缝中挤出这句话，"我就，死——给——你——们——看！"

躲在门口偷听的工人们都吓傻了，纷纷跑去向老董仔夫妇通风报信。这时，已经半夜两点多了。

赖桑的母亲立刻出面劝架，但不是劝长辈们拉小弟一把，而是劝小弟放下种树的念头。最后，为了不让母亲担心，赖桑只能像只斗败的公鸡般垂头丧气地离开。

"以后，我的事业要比你们大几千倍、几万倍！"走出公司时，他回头再看了一眼，在心里暗暗发誓。

为了用健康的身体来拼这个誓，当天，赖桑就把抽了十多年的烟给戒了。

经济重担　妻子被迫一肩挑

长辈这条路行不通，赖桑只好转向自己的家人。首当其冲的就是妻子赖易宝。

一个成功男人的背后，都有一个伟大的女人。对赖易宝而枯枝是鸟儿最爱栖息的地方。

言，尽管也不认为丈夫可能成功，但她还是得站在他背后。

赖桑的许多老朋友都认为，赖桑种树固然辛苦，但更辛苦的，是这三十年来要吞忍街坊流言，还得经营货运行，赚钱给丈夫种树的妻子。每个月迎接她的总是一张张账单：除草刀片十万、树苗一百二十万、水管三百万、工人薪资四十万……

经常，赖易宝正在办公室忙得不可开交，就突然有陌生人拿着请款单据上门："赖倍元是你先生吧？他叫我今天晚上七点来找你拿钱。"

赖易宝一头雾水，想找丈夫问个清楚。巧合的是，平常几乎不在晚上出门的赖桑，这天就会"正好"不在。他知道自己理亏。

这种事发生得愈来愈频繁，每个月都要上演。

赖易宝既生气又害怕，气的是丈夫从不过问公司生意，只丢下一句："我需要钱的时候，你付得出来就好。"怕的是一声门铃、一通电话，都可能是债主上门。不是买树苗，就是买钜管，要不然就是买地，几百万就这样花掉了，她完全无法预期。

有时她实在受不了，也不敢跟先生大吵，最多只是抱怨："花钱也不会先讲一下，一直花一直花，好像无限期！做货运哪够你这样花？到底要花到什么时候？也要让我有个心理准备！"

知道妻子委屈的赖桑也不敢发脾气，只能没好气地应一句："没钱，去银行搬啊。土地抵押又不是你的名字，怕什么？"

"难道不用利息吗？不管钱的人，不懂管钱的人的痛苦！"赖易宝反驳。

接下来，就是几天的冷战。

赖桑认为资产大于负债就行，经营公司与家庭的赖易宝却更在意现金流的稳定。她日复一日地调头寸，赖桑却是一开口就要钱。不开支票，丈夫就不跟她说话；要是开了，就只能默默掉泪，无止尽地两难。

数十年来的深夜，赖易宝经常一个人坐在办公桌前，一手撑着头，另一手抓着笔在账簿上写着："三十一号一条五十万，下个月五号一条八十万……要先还哪一条呢？"为了这个家，赖易宝只能抖着手，慢慢写上支票上那一串仿佛永远多一个的"零"，两行眼泪也跟着默默滑下脸颊。

这张票一旦开出去，隔天一早睁开眼睛，她就得开始到处张罗钱。她害怕这种失控的感觉，甚至开始莫名地焦虑：万一，有一天丈夫不见了，外面究竟还有多少她不知道的债务？

委屈、愤怒、不解，种种复杂的情绪纠结缠绕。长达五年，赖易宝不愿与丈夫同房。她很想逃脱，却又舍不下孩子和公司，也走不出自己给自己戴上的枷锁。从小，大人和学校就告诉她，要以丈夫为天，支持他做的每个决定。况且，丈夫并不是去外面花天酒地，而是去圆一个梦想。

只是她不懂：为什么要选择一个注定会失败的梦想？为什么不挑一个能把全家人牵在一起的梦想？

04 不被了解的苦闷

种树三十年，就有长达二十多年，没有人知道赖桑到底想做什么。也没有人知道，他为什么放着大铭货运的小开不做，要每天早上五点起床，来回开一百公里的车，躲到深山野岭来买地种树。

是哪个有强大驱力的隐形磁铁，将他弹出旧生活，推向一个更大的未知？

他不讳言，一开始是能力被压抑的不得志，及兄弟竞争的不服输。别人看他是小开，但其实他压力很大，强大的负面推力使他亟欲离家，打造自己的舞台。

但没有历经那样身体与心理的磨炼，就不可能熬过种树的苦。"做货运，每天半夜两点起床。种树，只要从早上七点到下午五点就行了！"他笑着说。

赖桑不是没想过要另创事业，只不过等他有钱有权有经验时，已经二十世纪八十年代。高速公路已完工，货运业如雨后春笋，商业竞争愈来愈激烈，不但员工难找，制造业也开始外移，最好的时机已经错过了。

"再开一家公司，盖一间工厂，大不起来。"这是他当时的判断。

因此，不能比规模，得比意义；不要比价格，要比价值。他要做一件惊天动地的事，但时间点不是现在，而在未来。他爱树，就是想追求百年、千年的成就感。

尽管只有中学毕业，但他的理想、说话的口气，不输任何高学历者。

独一无二　就没有竞争对手

往大雪山路上的两旁，是一个接一个的高接梨园与甜柿园。农人们都是上山种水果的，唯独赖桑是去种树。尽管永远没有收成的一天，他却从来不曾动摇。"大家都在做的事，不是反而竞争更厉害？独一无二，就没有竞争对手了！"这是他独一无二的价值观。

只是，价值无法计算，未来也太遥远，远到拉成一个没人看得见尽头的隧道。

他的价值观几乎没有人能支持。上山的路，与家人、朋友愈走愈远。种树，遂成为一个孤独的任务。每当多买一块地，多种几棵树，赖桑总会兴冲冲地邀请亲友上山，展示"成绩单"。

只不过，每一个人的眼神都是怀疑；每一句传进他耳里的，都是批评。

二十多年前，赖桑的邻居兼中学同窗张家荣第一次受邀上山。眼前破败的景象，使他难对老同学的梦想发出共鸣。"山上很乱，没有路。有的地方光秃秃的，有的地方长满杂草，还有很多倒来倒去、枯死的果树。""一定做不起来啦。"他心中暗暗想着，但又不敢说出来，怕伤了赖桑的心。

亲戚们也上来过几次，批评更直接了："种树也没收入，干吗不去养鸡？三五个月就可以买卖了！"这些亲戚个个都因运输

79

赖桑每天观看种树成果，他常张开双臂，作势拥抱整座林场，脚下三十万棵树，每棵都像他的小孩。

业致富，住豪宅、开名车，看到这一大片不营业、也没赚钱的林场，相当不以为然。

"不可能啊，要我养鸡，还不如留在公司！"

眼看小弟如此"不受教"，亲戚们也渐渐不与他往来了。

有人好心给建议，泼冷水的人更多，但赖桑横眉冷对千夫指。即使是最亲密的妻子与孩子，也只有开工拜拜时，才愿意提着牲果祭品上山。其余时间，一家人几乎是过着"井水不犯河水"的生活。

"男人要让太太幸福快乐，"这位一家之主提醒自己，"但如果有更重要的使命，就不能限于儿女私情。"

树给了他希望，即使肉眼看不出来，他仍固执地相信，这个希望每一天都会长大一点点，"只要关卡一过，全世界都会支持我"！

在第一批肖楠成林前的那十年，开始种树的前十年，赖桑都是靠这个想法苦撑。因为，他是唯一能看见隧道尽头那一丁点微光的人。

只要相信了，就会看见。而赖桑的信仰只有一个，就是继续种树。

第四章

梦想的支柱

朝着目标直奔的路上，
困难还不只如此。
为了成全赖桑的"千年之约"，
付上代价的，还有整个家。

01 赖桑背后的女人

对赖桑的妻子赖易宝来说，"先生要上山种树"就像一场无预警的空袭，把她从好不容易放晴的人生中又炸回地狱。

赖易宝是基隆人，高商毕业后，来到台中亲戚家的鞋厂当会计，认识了替鞋厂送货的大铭货运老板赖昆阳。因为勤快肯做，便被挖角到大铭货运，因此与赖桑相识。

二十岁时的赖桑，大眼睛、白皮肤、身材挺拔，兄长们都说他像当时的当红男明星秦汉。他个性安静内向，每天一下班，就去厨房煮一碗面，默默端到楼上自己的房间去吃。后面一群活蹦乱跳的小外甥跟上跟下，也从不见他动怒，和那些粗声粗气、刺青嚼槟榔的货车工人有天壤之别。

赖桑年轻时有一张照片，鼻梁高挺，侧面弧度神似当时当红电视剧《钱来也》中的男主角"钱多多"，更使赖易宝一见倾心。"我就是看上他的帅！"她笑得腼腆。

当时，大铭货运在台中已小有名气，这段小会计与富家少爷的恋情被兄长们视为"高攀"，要求弟弟娶个门当户对的千金。加上赖易宝外貌平凡，还大赖桑两岁，女大男小的感情，更难得到长辈祝福。

两人只好斩断情丝，赖易宝也辞职回到基隆老家。

但仿佛是天注定似的，赖桑当兵时下部队，又抽到基隆。某天放假，闲着无聊，想起无缘的前女友好像住在附近，他凭着记忆拨了电话，竟然就顺利找到了赖易宝。

二度重逢，两人很快就结婚了。由于赖桑尚未退伍，赖易宝便一个人搬进了赖家。

摸黑起床　准备两百人份早餐

一位兄嫂偷偷把她拉到一边问："这是大家族，你真的要嫁进来吗？"单纯的赖易宝笑一笑："就爱到'卡惨'死啊！"

她天真地以为，身为赖家的媳妇，虽然不是饭来伸手、茶来张口的少奶奶，也只要像以前一样朝九晚五即可。然而等着她的，却是二十四小时做不完的账务、业务和杂务工作。

她的一天，通常从准备两百人份的早餐开始：

凌晨两点起床，摸黑去厨房。先用黑油点燃柴薪，升起大灶的火，倒上水，架上比脸盆还大的三层蒸笼，开始蒸热腾腾的包子和馒头。

一转身，再把蓬莱米与炒好的花生放入石磨子，磨出生浆后，倒入膝盖高的大锅子慢慢熬煮，时不时要拿着大勺细细搅拌，免得烧焦。

最后是洗米煮粥，再独自一个人把比婴儿洗澡盆还大的五十人份大锅抬进餐厅。一直要忙到早上六点，所有司机都吃过早餐、出车完毕后，才能小睡片刻，但要八点起床，再开始一天的工作。

运输公司一天提供司机五顿餐：三餐、下午点心与消夜，全部由二房、三房与四房的媳妇三班轮流，早餐、中午与下午、晚

赖桑的妻子赖易宝（右）是全家的支柱。

餐与消夜，各一人负责。

轮到早餐的人睡眠会被打断，轮到中餐与晚餐的人，也没轻松一点。除了照样要一早起床喂猪、洗猪圈，还得半天都穿着雨鞋泡在湿答答的厨房里，任何一位司机回来，就要赶紧准备食物，切猪肉、煎鱼和炒青菜，都是以"脸盆"为单位。

但最早起床的她，往往却是最后上饭桌的人；晚上职员下班后，还要忙接听电话。太早上楼休息，公公劈头就是一顿骂。

"好像做流水席，没有停下来休息的时候。"回忆起几十年前的往事，她轻轻叹了口气，垂下眼睛。

从渔港基隆嫁到大雅乡下的赖易宝，虽然不是千金小姐，但也从没做过这么粗重的工作，连怀孕时也不能休息。

流产两次　再苦都要忍

怀头胎时，身高不到一五五厘米的她，为了抬起五十人份的电饭锅，动了胎气。一个眼看再几周就要出世、已经成形的八个月胎儿，就这样早产，三天后夭折。第二胎也是因为劳累过度，仍旧没有保住。

当时，赖桑还在当兵，没有人聆听这位孤立无援的新婚妻子的委屈。每当夜深人静，赖易宝只能躲在被子里写日记，边写边掉泪，一张张纸被濡湿得凹凸不平。而远在一百多公里外军营的丈夫，也只能一封接一封地写信，鼓励妻子"加油"、"撑着"、"卡忍耐"，等他退伍返乡。

这一段苦涩小夫妻时期的鱼雁往返，收在一个小纸箱中。直到二〇一三年女儿结婚，才被丢弃。

好不容易，赖易宝怀上了第三胎，但第三个月时又有出血迹象。她慌张地打电话给远在基隆的母亲，爱女心切的母亲立刻去中药房抓了帖药，直奔台中要帮女儿安胎。因为太急了，途中不小心跌了一跤，跟跄进门时，膝盖上的血水还没有干。直到现在，赖易宝闭起眼睛，仿佛还能看到那一幕。

终于，有母亲细心调理，赖桑也服完兵役，足足吃了六个月安胎药的赖易宝，安然诞下大儿子赖建忠。

把自己的需求放最后

自认没有长辈缘的她，反而更加努力表现乖顺，担心公婆和妯娌闲言闲语。刚剖腹产完一天半，还坐不起身，便得忍着腹部伤口疼痛，一寸一寸"滚"下床，托隔壁阿婆帮忙买菜，自己做月子餐。

偏偏生大儿子建忠那一年，遇上一九八〇年台湾当局大查账，赖易宝刚生完没几天，家族长辈就搬来两张办公桌与一大本账册放在赖桑家客厅，要求她算账。

冬天转黄的银杏叶。

赖易宝只好忍着不适，每天从早上八点坐到晚上五点，一手写字，一手拨算盘。赖桑则背着未满月的建忠，提着包袱坐公交车去基隆，暂时让丈母娘照顾孩子。

赖易宝的母亲看到女儿这样，气得直骂："你不坐月子，以为可以写，等老了就知道！"

"我现在全身拢病，还有类风湿关节炎，说不定跟没有好好坐月子有关系。"赖易宝扶着护腰说。

总是把自己的需求放在最后，是大家族媳妇不得不会的求生指南。

"很辛苦，真的很辛苦，真的很辛苦……"她连说了三次，伸手抹一下早已湿润的脸颊。

三年后，二儿子建宏、女儿婉宜也相继出世。赖易宝从一个人做家事，变成得带着三个嗷嗷待哺的小毛头一起做。丈夫又每天忙着开车送货，她只好把一岁大的二儿子放在婴儿车，刚满月的女儿背在背上，把四岁的大儿子拉在身边。

一肩扛起重担三十年

正值活泼好动的建忠，经常趁妈妈一不注意，就摇摇摆摆地走进卡车频繁进出的调度场，坐在车下玩耍。这危险的一幕只要被长辈们看到，就是一阵痛骂。

分身乏术的赖易宝只好拿根塑料绳子，像拴小狗那样，一端绑在儿子腰上，另一端系在铁窗上，不让他离开自己的目光。

有一次，公司员工准备拜拜，催着赖易宝赶快剁完肉好摆盘做牲礼，偏偏背上的女儿却嘤嘤哭个不停。她心一慌，手一滑，就把左手食指连指甲带肉，狠狠削了一块下来。"刚嫁来时，真的不是人过的生活。"赖易宝伸出歪了一边的食指，抽动了一下。

俗语说，"娶母大姊，坐金交椅"（意指年长女子成熟稳重，勤俭持家，丈夫不必操烦，还会被当老爷般伺候）。赖易宝，就是一个无论环境多恶劣，都能像小草般逆来顺受的女子，抱定只要是一家人，就要一辈子同甘共苦的信念。

当年赖桑求婚时看见的，正是妻子平凡外表下的不平凡，但他意料之外的是，这一点不平凡，也将在往后三十年，一肩撑起这失去了男主人的事业与家园。

02 半夜的眼泪

　　赖桑专心上山种树后，妻子赖易宝可说是妻代夫职、母兼父职，公司、财务、子女、家族问题四头烧。

　　货运业的市况曾经很好，稳赚不赔，但赖易宝接手散装货运时，工厂已逐渐外移，经营起来相当吃力。

　　货柜货运只要一个司机就够，但散装货运形态复杂，收货、理货、叠货，全都需要大批工人一箱一箱搬，是扎扎实实的"手工业"，而且工作时间不定，每天花大量时间等待，自然便拖长了工作时间。

　　比如说，工人要去工厂收货，工厂若加班到晚上九点，货车与司机就得枯等到客户通知，才能去载货。等回到货运场，都已经半夜了。这时还不能休息，得赶紧把货分别运往基隆港、高雄港和台中港的大货车上，长途车凌晨四点就要出发，短程车则可以等到早上八点。

　　有些主管和司机讨厌麻烦，若客户装货品的箱子大、小体积不同，就不接，因为很难堆成一车。这时，客户会向赖易宝抱怨，冲突就发生了。

　　货运这一行，百分之九十九的工作者都是男性，一言不合往往就大打出手。女性经营的优势在于，司机愿意看面子，不轻易动粗。

尽管如此，三四十位员工还是有各自的问题，使赖易宝穷于应付。

有一次，一位司机用堆高机运货，没有降下货物高度就开始移动，箱子应声就从堆高机上掉下来，一赔就是三十万。而货物从行驶中的货车上掉下来，因此衍生的延迟报关费用，也全都算在货运行头上。只要没有砸到人，都属万幸。

这些都是花小钱就能解决的问题，更麻烦的问题在人。

有一位主管，要司机载十趟货，却只对公司报一趟的账，收了客户的钱后，两人再私下拆账。要不就是周末找司机来加班，载货的钱却进了自己口袋，直到司机发现主管没有记上这条账，找上老板娘，事情才爆发。

赖桑夫妻一对质才发现，赖桑体恤这位主管，私下还用自己的薪水每月贴给对方一万元，不料却是"饲老鼠咬布袋"，反被污了三十万。

每当发生这类的事情，夫妻俩就会吵架。"不要事事顺着员工！拿出魄力，不对就要骂！"赖桑总是这样念妻子。偏偏赖易宝心地柔软，"雇了员工，就要信任啊"！她从来没有扣过司机的钱，"他们只领三万多，都是辛苦钱"。

后来，为了避免跟丈夫吵架，赖易宝索性不再提起公司里发生的事。她并非看开或接受这些层出不穷的状况，而是硬把担忧压抑下来。偏偏她心思敏感，一点小事就烦恼得吃不下。有好几年，她每天晚上回到家都在哭，不是担心员工出意外，就是气他们顶嘴，讲话不听。

严重的时候，她晚上甚至不敢睡，电话一响就跳起来。"这是辛苦钱、流汗钱、土地公钱，也是心惊胆战的钱！平安，钱就长期的财务困境，使赖家气氛陷入阴郁。

赚到。出一次事情，之前赚到的全部都赔出去！"说起最严重的一次意外，赖易宝仍心有余悸。

屋漏偏逢连夜雨

事情发生在一九九〇年。当时散装业务才刚移转给赖桑，一位来自西部滨海乡镇的司机为了躲避收费站，刻意绕远路，结果撞桥墩身亡。地方黑道见有利可图，便主动出头替丧家谈判丧葬补偿金。

出殡那天，殡仪馆来了一群黑衣人，一坐下，便掏出一把枪，重重摆在桌上："你们赖家四个兄弟的名字，每一个我们都知道。不啰唆，五百万。"

当时一个小职员月薪不过一万元，五百万简直是天价。赖桑先请主管出面谈判，竟被对方挟持，打了一顿；接着又派保险业务员谈赔偿，依旧被抓住无法脱身。赖易宝担心同仁安危，不得已，只好乖乖给钱了事。

损失还不止这样：客户的高级机械毁了，赔偿两千多万元；

林场夜景。下方便是东势街区。

卡车报废了，只好再买两辆，又是五百万元。加上被黑道恐吓的五百万元，最后赔偿金额超过三千万元。

赖易宝急得整天以泪洗面，找公婆借，却得到一句"我有四个孩子，不是只有你家一个"。不得已，只好回娘家请父亲帮忙。赖易宝的父亲虽然只是基隆港的码头工人，但认真又节俭，经常一个人做三个人的工作，做到半夜，所以也存下千万积蓄。这一次，全都借给了女儿。

屋漏偏逢连夜雨。当时，赖桑刚上林场开垦，正需要花大钱，财务与情绪双重压力，几乎把这个坚韧的女子压垮了。

她愈来愈瘦，还经常不由自主地掉泪，偏偏好友们又都在基隆，没人能够听她抱怨。有一天，酒量不好的她心一横，竟然拿起家中的黑豆酒，咕噜咕噜就把自己灌个酩酊大醉。

"现实太折磨，睡着的时候才能什么都不担心……"最后，她在这个念头里渐渐失去意识。

等赖桑发现时，赖易宝早已醉得不醒人事。赖桑吓得一通一通电话地打，把所有亲戚都请到家里，一群人围着倒在沙发上不知是死是活的赖易宝又摇又喊，才等到她悠悠醒过来。

在绝望谷底　仍成全丈夫梦想

这件事之后，"自杀"的念头开始在她心中发酵。

"那时候，我一直在想要用什么方法一走了之。"说起那种仿佛要灭顶的绝望，赖易宝仍不免激动。

只要念头一起，她就拿出账簿、支票本和印章，一项一项对丈夫交代后事。赖桑吓得到处打电话给亲友，要大家帮忙劝阻，喝醉那一晚的惊悚剧一次又一次上演。

直到某一天，一位好友严肃地告诫她："你若自杀，到了地狱，会用同一个方法一直死、一直死！"单纯的赖易宝听了之后非常害怕，再也不敢想自杀的事了。

另一个支撑她活下去的原因，是那一笔欠父亲的巨额债务。"那是父亲的养老金，再撑不下去，也得先还出来再走。"她不断告诉自己。

没想到，压垮财务的最后一根稻草，竟也是激发求生意志的救生圈。这一撑，三十年就倏地过去了。

"我当时可能有忧郁症。"回想那些年，赖易宝下了结论。

人人都说赖桑伟大，但熟识赖家的人明白，成全赖桑种树大梦的赖易宝，牺牲奉献的程度丝毫不亚于丈夫。每当赖易宝说出自己的故事，往往会换到一句："换作是我，早跑掉了！"女性则会激动地告诉她："你是世界上最伟大的女人！"

"过一天算一天，就熬过来了。"赖易宝凄然一笑。

伟大，是她想要的吗？抑或，平凡才是福？她忽然陷入了迷惑……

03 家庭濒临崩解

在赖桑印象中，父亲赖昆阳威严而霸气。他吃饭时，没人敢同桌；吃完后，孩子们才敢吃。无论在公司或家里，一律只谈公事。他不曾对孩子们嘘寒问暖，也没有带全家一起出去玩过。

赖桑兄弟间的感情也相当疏离，共同经营一家公司十多年，却不曾坐在同一张桌上开过会。家庭氛围是一种无形的遗产，赖桑家自然也继承了这种模式。

赖建忠小时候，赖桑总是清晨出门开车，三更半夜才回家。虽然赖桑说，儿子四五岁时，他曾带着一家人去看神木，赖建忠却毫无印象。

长大后，父亲依旧是清晨上山种树，虽然是规律地早出早回，家里的温度仍几近冰点。饭桌上，大家总是各自低头扒饭，甚少交谈。父亲心中只有种树，母亲天天担心财务，三兄妹虽年龄相近，但彼此也不亲密。

有一年中秋节前夕，赖建忠向母亲提议："我们家从来没有烤过肉，要不也来烤一下？"母亲没有回应。

"电视上演的那种爸爸、妈妈相亲相爱的场景，我们家从没上有过。家人感情不是不好，但话就很少。"赖建忠苦笑。

长子赖建忠小时候，对父亲唯一的印象就是背影。

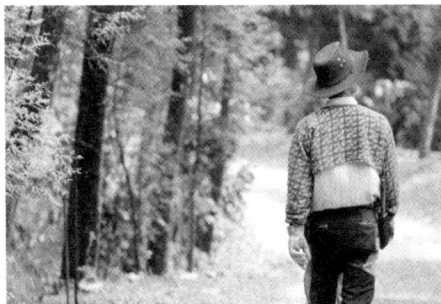

只有"背影"的父亲

因此，二十岁前，赖建忠对父亲唯一的印象只有背影。

清晨独自走出家门的背影，与母亲争执后转身的背影、拒绝参加庆生、烤肉等家庭活动离去的背影。在一个渴求父爱却不可得的少年眼中，看不见父亲的孤单与无助，只看见自己如火山般随时一触即发的憎恶与愤怒。

他最气愤的是，从小到大，学校里的每一位老师、同学，甚至邻居，都会有意无意暗示："赖建忠家是有钱人。"

当时，大铭货运赖家的确是台中无人不知、无人不晓的"豪门"，赖建忠的堂兄弟们，各个都是拥豪宅、开"双 B"（注：指奔驰和宝马）的小开。八十年代有段时间绑架猖獗，他的十一个堂兄弟，有两人曾被押走，其中一位甚至是连人带车与女友一同被押，付了赎金才捡回一条命。被锁定但没押成的人，还有好几个。

但是，把所有财产拿去种树的赖桑一房，却是豪门中唯一的贫户。孩子们非但没有名车，还经常看见母亲半夜里坐在沙发上，为了钱的问题啜泣。

尽管如此，赖建忠仍从小就被父亲灌输要有危机意识："他几近恳求地告诉我：'你们要小心，千万不要被绑票，因为我没有钱去赎你们！'"荒谬而讽刺的对话中，是笑不出来的黑色幽默。

看到出手阔绰的堂兄弟，少年建忠既羡慕又嫉妒。偏偏他有个"怪爸爸"，害他非但无法享受家族庇荫，也无法理解窘困的家境所为何来，加上周遭人们的明嘲暗讽，愤怒、委屈的情绪总是如影随形。

"当你立志要做一件大事，最直接受冲击的就是家人，那是完全无法防备的。"赖建忠事后回想，"但赖桑做得没有错，那是他的钱，怎轮到我们子女说要怎么花？"

只是，十多岁的赖建忠和弟弟还想不透这个道理。背负沉重情绪包袱的他们进入青春期后，发现外面的世界如此多彩多姿，家人以外的人们如此新奇有趣，立刻飞也似的逃离了这个貌合神离的家。

青春期暴走的儿子们

上初中后，赖建忠就开始往撞球间跑，打架、赌博样样来。他的作息跟一般人相反，太阳下山前都在睡觉。

上高中后，他变本加厉。开学第一个礼拜，就被记满两大过加两小过。老师不断在全班面前暗示："班上人数太多，得赶走几个人。"师生关系益发剑拔弩张。有次，他又在学校睡觉，老师看他实在睡得太夸张，故意不叫他起床，害他睡到校车跑了也浑然不知，只好打电话请母亲来接。

偏偏赖建忠个性倔强又好胜，不甘心被撵走，硬撑了两年后才休学。后来换了另一所学校，才顺利毕业。

而当兵的严格操练，也没有改变赖建忠好勇斗狠的个性。他一共被关过三次禁闭，其中一次，他认为长官的操练是针对他，一个不爽，操起木椅就"处理"了对方。

赖建忠掀起上衣，第一眼就会注意到几道触目惊心的伤痕。他自承，脾气一度暴烈到想举刀砍父亲，幸好赖桑赶紧避走，只留下一句："等你长大，就知道了。"才没有发生终身憾事。

弟弟赖建宏年少轻狂时干下的荒唐事也不遑多让。升上初一，他就开始偷骑家中的机车，还骑去当铺典当。母亲买给他的一台六千元的数码相机，也被他典当，换了钱和朋友去玩乐。

再大一点，赖建宏开始跟同学一起跷家。赖易宝夜夜睡在客厅等门，只要一有机车引擎声接近，她就赶紧站起来，看是否是儿子回来了，"他们一晚不回来，我就痛不欲生"。

然而，母亲的关心反而把儿子推得更远。后来，赖建宏只要一骑车出门，就两三天不回家。赖易宝和其他几位家长只好互相通风报信，只要其中一人有孩子们的消息，就立刻通知其他家长一起来"追"孩子。一群大人小孩经常就在台中的大街小巷上演飞车追逐，险象环生。

当时，兄弟俩的学校都在台中市文心路上。建忠的学校打电话给赖易宝："你儿子跟人打架！"她就赶紧叫赖桑下山，一起赶去学校。好不容易处理完，还在回家路上，电话又响了，这一次则是建宏的学校："你儿子跷课了！"两人只好又赶紧折返。

"文心路，闭着眼睛都会走了！"赖易宝好气又好笑。

毫无意外地，兄弟俩成为学校头疼的问题学生，高中都读了四年、休学一次才完成学业。

离家出走的妈妈

赖易宝在公司、财务、家庭间忙得团团转，又担心孩子的安全与前途，一急起来只好骂，骂了不听只能打。她曾要三个孩子衣服脱光，关在浴室里打。有一次，她拿铁衣架打大儿子赖建忠，铁丝不小心钩到头皮，还缝了三针。

打骂教育丝毫没有起作用，孩子们反而愈打愈叛逆。赖家虽有三个孩子，家中却愈来愈冷清。赖建忠天天跑去撞球间，赖建宏夜夜流连 KTV，绝望的母亲只好拉着最贴心的女儿赖婉宜，到各县市"跑庙"。只要一打听到哪座庙宇灵验，就立刻赶去捻香拜拜，乞求神明能让两个孩子幡然悔悟，迷途知返。

但事与愿违。最后，连赖易宝也承受不住压力，离家出走了。

当时虽已不与家族住在一起，但不少闲言闲语还是经常传到她耳中。"十嘴九屁股（形容人多意见多）啦！"讲起那段时间那些无中生有的八卦，赖易宝仍气愤难平。

有一次，家族成员又乱讲话，赖易宝一气之下便跑出家门，躲进附近的土地公庙。因为积怨已久，即使看到丈夫开着车在附近找人，她还是不愿现身。直到深夜，愈躲愈害怕的她才走去小姑家，被先生接回。

这是赖易宝第一次离家出走。之后又陆续发生好几次，每一山顶上的鸡油树，树龄超过百年。

次都是因为家族问题。有一次，赖桑还为了等妻子回家，破例一整天没有上林场。

这个家，仿佛狂风暴雨中的一艘破船，随时都可能解体。

赖建忠三十多岁时，曾听见有人问父亲："你对孩子的教育态度是什么？""要大爱。"赖桑想都不想就回答。

什么是"大爱"的教育？"别人希望孩子出人头地、赚大钱，所有好事都发生在他们身上，但赖桑不是。"赖建忠说，父亲总是说："没关系，好的都给你们，坏的统统都留给我！但往往最后，不好的都会变成好的！"

真的都会变好吗？濒临崩解的赖家，没有人敢妄想未来……

04 二十年没有朋友来访的家

中清路，是横贯台中的主要干道。从台中市沿着中清路一路往西，穿过大雅、沙鹿与清水，就能抵达台中港。

出口畅旺的二十世纪七八十年代，一辆辆八轮拖板车就是沿着这条十二米宽的大道，将鞋子、零件、成衣，一货柜一货柜从台中港运往全世界，打响了名号。

赖桑的人生，也是绕着中清路展开的。

他的家就在中清路边，是一排四十年透天厝中的其中一间。对面，是大铭货运的起家厝；再往西走，巷子里的水田间，还留着他小时候居住的牛栏遗迹。

熙来攘往的大马路边好做生意，但不适合安居。赖家每个人进屋第一件事，就是关紧门窗，以免噪音和灰尘跟着窜进屋内。

赖桑的家，已经快二十年没有朋友造访了。

"我不让别人来我家，他们看不懂。现在的人，只想看到亮丽的一面，丑的就没人羡慕。"赖桑坐在客厅的木桌前环顾四周后，缓缓说道。

"我重视的不是物质和门面，而是做一件轰轰烈烈、让环境更好，能影响后代子孙、千秋万世的事。"他潇洒地挥挥手说。其实熟识他的人都知道，这句话听来一点都不新鲜，因为在许多场合，他总是不断强调类似的理念，快要变口头禅了。某次媒体采访中，赖桑一边进行林间工作，一面述说理念，短短数小时，总共提到了十八次"千秋万世"。

耽搁三十年的梦想

但这件"影响后代子孙的事"，耽搁了赖家人共同的梦。

从小，赖桑长子建忠就一直听母亲说起：要留一块好地，盖三栋房子，三个孩子建忠、建宏和妹妹一人一栋。每天傍晚，赖桑和赖妈妈就轮流到三个孩子家吃饭。

这个梦想至少想了三十年，好几次也都有机会实现，但最后一刻，赖桑还是毅然把钱投入森林。

"赖桑说，享受的事放在最后面。所以，这个梦想一直都还在。"已过三十五岁的建忠看着这栋年纪比他还大的房子，神情释然。

中清路上的赖家，虽称不上家徒四壁，但家具摆设都是三十年前的样式。仿佛在赖桑决定上山的那一天，所有物质享受就停格了。

客厅一角，摆着赖妈妈从货运行搬回来的办公桌椅与白铁柜；餐厅里的大理石餐桌椅，是二十多年前赖桑父亲从花莲运回台中，送给儿子们的礼物。

顺着磨石子楼梯走上二楼，就是赖桑的房间。

五岁的孙女巧楹，打开整排木制落地衣橱，里面整齐吊挂着一件件退了流行的花衬衫。"这是老抠抠的衣服！"赖桑摸摸她的头，"我不曾买名牌，都是很粗俗的衣服，有得穿就好。"

另一面墙，则是一排雕花梳妆台，放着赖桑新婚与家人出游

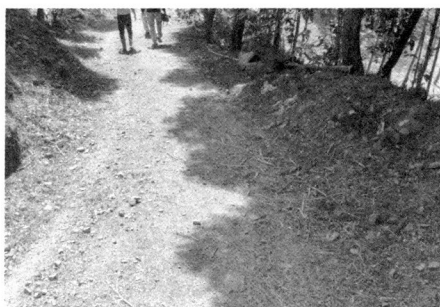

习惯山林生活的赖桑，重自然环境，轻个人欲望。

的合照，还有一个老旧的二十英寸映像管电视，正对着床铺。

每天吃完晚餐，赖桑就会坐在那张被单与枕套不成套的弹簧床上，看电视新闻。

床对面是一张按摩床，是几十年前父亲送他的礼物，但上面堆满衣物，还有两个登山靴的鞋盒，那是一位钦佩赖桑的制鞋厂老板送的礼物。

气窗上镶着一台古典木纹贴花装饰的冷气，也是三十年前的流行机种。但上山后赖桑只吹电风扇，所以冷气也成了装饰品。

电风扇的古董等级也不遑多让。底座上的三个风量按钮，已有两个不见踪影，只留下两个露出电路板的小洞。每天睡觉前，赖桑会熟练地捻起一支圆珠笔，蹲在电风扇前端详半晌，再对准写着"2"的窟窿戳下去，电风扇竟然就呼呼转动起来了。

任何一个小资族的套房，都可能比赖桑的房间舒适。有一次，赖桑大媳妇金美陪着女儿巧楹到赖桑房间拿东西，忍不住问："爸爸，你怎么睡这么差？"

虽然赖桑总说"做对的事，不需要人家敬佩，也不需要别人赞美"，但家人的一句疼惜，还是让他感动莫名。

享乐欲望降到最低

赖桑年轻时就热爱大自然，除了爱买木家具，还收藏了好几颗奇石。有一次，去花莲玩，买回了一颗有山水风景纹路的石头，足足有锅子那么大。因为实在太喜欢，晚上竟然就放在胸前抱着睡着了。赖妈妈好气又好笑，念他："哪有人睡觉放着老婆不抱，去抱石头？"

如今，这些当年"享乐"的收藏，如音响、沙发、漂流木、玫瑰石，都收在少有人去的住家四楼。

四楼，也是赖桑的私人时光藏宝盒。墙上挂满一帧帧父兄创业时期的大合照，桌上的玻璃框里，则躺着一个生锈的铁制存钱筒，写着"大铭货运创业纪念"。当时只要司机收了货款，就会直接放进这个存钱筒。

周日晚上，赖桑偶尔会一个人走上四楼，倒一杯自己酿的梅酒，坐在那张皮革龟裂的沙发椅上。赖桑不喜欢轻柔缓慢的音乐，认为"拖拖拉拉"。他的最爱是欧阳菲菲的《热情的沙漠》。狂野的节奏，才能放松开垦的疲劳与寂寞。

赖家最新的大型家饰品，要算是一楼墙上的木刻《波耶波罗蜜心经》。只要一进赖家，抬头就会注意到它。"要提醒随时转念。"赖桑说。

《波耶波罗蜜心经》里有一段话："观自在菩萨，行深般若波罗蜜多时，照见五蕴皆空，度一切苦厄。"意思是，当一切以利益众生为前提，并行佛法，就会明白一切都是空。如此才会戒除贪、瞋、痴，从一切痛苦、烦恼、灾厄中解脱。

这段因果已在赖桑身上应验。自嘲"住坏、吃坏、用坏"的他促狭地说道："你以为我什么都有，其实我什么都没有；你以为我什么都没有，其实我有很多。让人看不透，才是不简单，哈哈！"他并非苛刻自虐，而是把所有体力奉献给环境，把精神投注于崇高的理想后，享乐的欲望与负面的情绪也自然消失了。

05 为了种树，严谨自律

赖桑的自我要求很严谨，每天早上六点上山，下午五点回家，回家后就几乎不出门。不单独开车载女性，想要拜访亲友家时，若对方的丈夫不在，就不去拜访。

还不只这样。他不赌、不酒、不唱歌，不去龙蛇杂处之处。至今大半辈子只喝过两瓶可乐，没唱过卡拉 OK。访客带来的零食茶点，大伙儿一块喝茶聊天时，总是不知不觉愈吃愈多，赖桑却几乎不吃，剩下的，不是送给员工和朋友，就是用来招待下一批客人。"我控制自己三十年。"他说。

"自律，是赖桑很重要的个性特质。"长子赖建忠说。他从小学开始偷抽烟，至今已抽了二十五年，父亲常要他戒烟，最后仍不了了之。四年前，赖建忠又在抽烟，赖桑不知哪来的灵感，忽然冒出一句："一支'三寸长'（指香烟），你就被控制住了，还谈什么要做多大的事业？"

赖建忠愣了一下，捻熄手上的烟，再也没有碰过。

有时朋友们体恤他辛苦，想请他吃一顿好料，至今却没有人成功过。友人刘万崇认识赖桑近二十年，两人聊天的"起手式"就是摆开全套茶具泡老人茶。即使聊得再尽兴，吃饭时间一到，赖桑就会主动离开，或提议买便当，从来无法说动他上餐厅好好吃一顿。

知道赖桑不上餐厅的习性，有次，友人黄志雄专程准备了较贵的便当，结果当场就被拒绝了。

邻居张信源说，赖桑除了绝不接受请客，即使和朋友一起出门，也坚持只吃五六十块的自助餐，"他不贪，也不占人便宜"。

一餐不能超过台币一百元

"超过一百块他就不吃了，说要把钱省下来种树。"赖桑初中同学张家荣记得，有次一起吃饭时，赖桑对他耳提面命："你知道多少人没饭吃吗？不要浪费，不要吃太饱，吃刚刚好就好。否则，以后都要还的！"

经营中小企业的林俊佑，每次开车上林场前，总会先打电话询问："要带什么上来吗？"赖桑的答案通常是"没有"，偶尔才是"那就带几个便当上来吧！"。

东势外环路上的"池上便当"店是赖桑的最爱，尤其是招牌便当：几片三层肉、三道菜、几块酱瓜，一个七十元，便宜又实在。唯一的"奢侈"是，因为从事体力劳动食量大，赖桑总会要求多加两碗白饭。

久而久之，老板只要遇到"买招牌便当加两碗白饭"的客人，就会多问一句"是不是要去赖桑那儿？"。显然赖桑数十年如一日的饮食习惯，跟种树事迹一样，使人印象深刻。

可以确定的是，赖桑在饮食上最大的享受，是每天晚上准时享受妻子准备的晚餐：一锅鸡酒或一锅炖肉，配上一盘炒青菜与酱茄子，加上两碗白饭。晚餐剩下的白饭会放在电饭锅里过夜，隔天一早赖桑只要拌点肉松，就能快速吃饱，上林场去。

虽然吃坏的、用坏的，种树始终是赖桑最大的享受。

　　因此，每次妻子出境旅行，赖桑便会对子女发牢骚："你妈妈出去几天，我就痛苦几天！"抱怨里，藏着无尽的依赖。

　　"他是享受一趴（百分之一），付出九十九趴（百分之九十九）。"妻子算了算，赖桑上山后，花在自己身上物质享受的钱，三十年来累计不到新台币五十万元。

　　赖桑朋友之一、民宿"彩绘之丘"经营者周百复发现，长时间与森林为伍的确会改变一个人的性格。他搬去新社山上九年，发现自己变得不计较，吃、穿如何都无所谓。"他吃坏的、用坏的、住坏的，"赖桑的初中同学张家荣观察，"衣食住行都很简单，而且根本没有娱乐。"

　　赖桑上一次买手机是五年多前，至今仍拿着一台诺基亚液晶屏幕的非智能型手机，无法上网。"一个东西，用它的重点就好。时间用来滑手机，不如用来种树！"他说。

　　赖桑上一次，也是这辈子唯一一次出台湾，是十几年前陪妻子去大陆玩。三十岁前，赖桑偶尔会带全家去旅行，近十年却不曾有过。即使喜爱电视节目里世界各国的美丽神木，赖桑也从没动过去参观、学习的念头。

"出去就是浪费，"他意念坚定，"学习没有非要用什么方法不可，我很务实。"

任何享受 都比不上种树

即使是每天去的林场工寮，在九年前，也一直只是个能遮风避雨的铁皮屋。门外两张椅子、一把大阳伞，就是访客暂歇之处。每当屋顶被吹歪、漏雨，也只是克难地再盖上一块铁皮了事。没想到连盖二十多块后，屋顶承受不住重量，某次台风后，忽然"轰"一声垮下。

加上访客渐多，为了不失礼，赖桑一咬牙，才把被风吹倒的肖楠木做梁木，将滚到路面的岩石当地基，盖成一座山屋、一座茶亭及三间厕所兼淋浴间。

赖桑亲自设计的"五星级"厕所淋浴间，从外观看起来就很森林：门、窗都是木头不说，墙壁也是一圈圈大大小小的原木断面。打开门，扑鼻而来的不是阿摩尼亚骚味，而是清新的木头香，名副其实的"森林浴"。

"我都是把享受的事放到最后再做，"赖桑笑着说，"工钱、买地、买苗，每一样都要花钱，但我花得很爽！别人的享受只是吃个东西，我的享受比别人的享受更大！"

赖桑的享受的确与一般人不同。他的享受，是在秋天午后，一个人坐在山屋喝茶的宁静；是春日清晨，山岚铺天盖地笼罩森林的冷冽；是夏天正午，坐在肖楠树下乘凉的闲适；也是冬天傍晚收工时，狗儿们前呼后拥的满足。

他把自己的享受，换成未来环境的美好，而且与全台湾地区、全世界每个人分享。

有人以为，赖桑种树是因为喜欢爬山，其实不然。"别人爬山是为身体健康，顾自己，但是我把效果放大，加一百、一千倍。爬山不如来种树！"他常强调人要"提升"，但非物质享受的提升，而是心灵层次的提升，将个人的小爱化为对环境的大爱。

因此，他总是单刀直入地询问上林场的访客："你有多少钱？不能留，都要花掉！不要太享受，拿出来照顾地球最好！"极端的言论有时让访客感到尴尬，却是他半生见闻的殷鉴。

赖桑看新闻时，每当看到他运输时期的客户破产跑路，或来林场拜访过的经营者锒铛入狱，就十分感慨："生意做大之后，就要转念。想做大事，就不要再想要赚钱了！"

财富只留给大自然

对于金钱，赖桑的想法不只超脱，更近乎极端。一般人是有余裕才做善事，赖桑却是没钱也想办法做，毫不手软。有一次，赖桑与妻子在路上遇到一个化缘的和尚，他立刻就从皮夹里掏出一张千元大钞，放进对方的钵中。另一次则因为没有千元大钞，"只"放了五百元大钞。

妻子立刻偷偷把他拉到一边："你自己也没钱，捐个一百元，意思意思就好了啊！"赖桑却正色回答："要有舍，才有得！"

至于大钱，对赖桑的意义更仿佛只是个数字。"富的极致境界就是'贫'。财产超过一亿后，讲'钱'就没有意义了。超过一亿后，我就开始追求贫穷了。"赖桑这段话的意思是，台湾人常说"富不过三代"，这一代留下了财富，下一代也往往守不住。

夕阳在肖楠树林中拉出长长的影子。

与其绞尽脑汁思考要留下什么传家豪宅或宝物，不如主动"追求贫穷"，甚至要"做到负债才行"。

"我只想看着树一直大，钞票一直洒！"赖桑潇洒地说，"上天说，我要做到负债十亿（新台币）才能走，现在只负债三亿（新台币）啦，哈哈！"

而"不砍伐、不买卖、不留子"的三不原则，便是要确保即使赖桑过世，财产也不会被领出，还能继续定存于大自然，不断生"利息"。

常春藤高中副校长陈金龙认为，基督徒的"十一奉献"是"赚十分、奉献一分"，赖桑却是"赚十分、奉献十一分"，而且是奉献给全人类。他进一步比较，企业家、宗教团体捐钱，但他们原本就拥有许多钱，有些还带有目的，"但赖桑没有目的。他完全付出、完全牺牲，几乎可以说是圣人"。

问赖桑：谁给了他如此特殊的金钱观？他摇摇头，接着说起了他的"偶像"——不是企业家或环保专家，而是前行政部门负责人孙运璇。

他记得，二十世纪六十年代，时任台湾交通事务负责人的孙运璇，规划十大建设中的中山高速公路，为了替财政拮据的台湾省钱，只修了两线道。后来台湾快速发展，人口急速成长，不得不再度动工拓宽为三线道。为此，孙运璇公开向全台人民道歉。

直到九十二岁过世，这位重建全台湾电力、交通等基础设施的政治家，一生两袖清风，身后没有留下任何房产。"我也是这种个性，正直做人，勤恳做事，"赖桑竖起大拇指，"这才是男人的格局！"

无论是一条贯穿台湾的主要道路，或三十万森林大军，都已经在台湾的土地上留下明显印记。

当树苗长成森林

第五章

随着树木开始长高，
荒山变成蓊绿森林的同时，
一些关于生命、土地与自然的改变，
开始发生。

01 赖桑的种树学

三十年来，赖桑已陆陆续续向果农买进五十多块土地。

买进土地后的第一步是巡山，详细查看是否有值得留下的好树。虽然多数都是废弃的果树，但偶尔也会出现百年老树。这些树通常长在山陵线边，作为土地分界的识别，才会一代又一代留下来。

接着开始整地。

即使新买的土地上长满杂草和果树，赖桑也不会采取放火烧山的做法。他宁可慢，也不愿增加一丝空气污染，否则就跟做运输老本行没两样了。

他嘱咐工人要耐心地除草、挖根，等果树慢慢枯死、倒下后，再锯断、分解。这个过程往往要经过半年。最后，小枝条留在原地腐化当堆肥，大块木材则留做林间小径的路基。当大雨过后，树材亦可用来填补土坡上被水冲出的坑洞。

就像拼图一样，他总是依据地形地物处理杂物。凡是大自然的产物，最后一定能找出发挥效益的归宿。

为了让土地充分休息，赖桑坚持不使用除草剂和肥料。但每当夏天雷雨过后，杂草就仿佛一夕间钻出地底的绿色小精灵，长得既快又猛，又该怎么办？

他宁可多雇几位除草临时工，穷自己，也不要伤环境。

除草，是林场最耗人力的工作。无论何时上山，都能见到几位全身包覆得密不透风的工人，背着除草机在陡坡上来回走动除草。

险恶地形　坚持亲自种树

当工人们还忙着除草的时候，一盆盆两尺高的树苗早已买来暂放在树荫下，适应林场的气候了。只待赖桑一声令下，就可以搬进山坡上永远的家。

"种树，是挖洞而已！"赖桑总是轻描淡写，但他只说对了一半。在平地上种树的确轻松愉快，先用锄头挖洞、放下树苗，再用后柄用力踩平土壤，让树苗站稳，大量浇水后，就算完工。

但林场里大部分是六十度以上的陡坡，要在这样的地形上种树，一个人甚至办不到。有些险恶地形，即使是一天五千元的高薪，也没有人愿意接。赖桑不让同仁冒这个险，年纪最大的他，总是身先士卒冲第一。

赖桑会在左手腋下夹两棵树苗，右手抓着树根或突起的石块爬上去。再陡一点，可就得挥动锄头勾住山壁，使劲把自己拉上去，然后将绳索垂下五六层楼高的岩壁，请坡下的人把树苗吊上来。

万一遇上坚硬的岩壁，还得再带上一支尖尖的十字镐。两脚几乎呈一百八十度弓箭步，左手扶地，右手就一锤一锤、使劲地敲。

换作是其他人，早就换一块平坦的土地开发去了，但赖桑的偏执却往往在这种细节上发作："土地买了，就不可以浪费！"

遇到石头　也要捶穿过去

有一次，锄头勾住的岩石突然滑动，赖桑顿时连人带工具，从四五十米高的山坡上滚下，带着血迹斑斑的工作裤，一拐一拐地回家。另一次，则是不慎被埋在土里的废铁片划伤手。赖桑也很意外，这片土地清理了二十几年，竟还是有被遗漏的废弃物，可见当时污染之严重。

这些意外事件，赖桑却仿佛失忆般一件也记不得，反倒是妻子赖易宝和儿子赖建忠印象深刻。

有一次，赖建忠跟父亲一起种树，不巧遇上一片坚硬的岩石坡。赖桑已经把树种好，要儿子用锤子接着钉钸管。"我捶到手发麻。先是前臂、上臂，最后到肩膀，都失去了知觉，只能无意识地敲着……"

建忠向父亲求助，父亲却不假辞色："捶到穿过去再说啦！"

"石头怎么穿得过去！"建忠抗议。

"我做这么久了，一定穿得过去！"赖桑严肃地告诉儿子，

"危险，所以一种，就要跟它赌几千年！"意思是，只要种活了这棵树，它就能永远保护这片山坡地。

的确，只要种得上去，峭壁上的树因为能得到充足的露水与阳光，总是长得特别强壮、翠绿。

为了预留生长空间，赖桑甚至刻意将步道两旁的树种在斜坡上，以免数十年后树木愈长愈壮，阻挡了道路。

树种下去了，但工作其实只完成了一半。因为树苗生长得很缓慢，一不小心就会被掩盖在杂草丛中，所以得勤快除草。

之后，赖桑会再手脚并用爬到坡上，徒手把一棵棵树苗旁边的杂草一把把摘掉；再拉拉系住钢管与树苗的细绳，确定没有松脱；然后顺手把泥土捧成一堵小墙，好让雨水多停留一会儿，让小苗儿喝个饱。

最后，再仔细端详一下周遭树的模样：又长高了多少？哪里该修剪？一片整好的地大约会种下近百棵树苗，一棵树苗，赖桑至少要花上一分钟。因为细心，一般造林的树苗存活率仅六七成，但赖桑的树宝宝，存活率高达九成。

这个时期，也是唯一要辛勤浇水、除草，做重复事情的时期。三五年后，树苗就能稳定抽高、长壮，从小孩长成自力更生的小伙子，便不必花太多心思照顾了。

修剪枝叶　成为森林成长养分

最后，就是帮树木修剪枝叶。

这是赖桑最爱做的工作之一。闲不下来的他，经常双手叉腰在林间巡视这片森林大军，看到歧出乱长的枝丫，就用园艺剪咔雨后的五叶松枝丫。

嚓咔嚓修掉。

剪久了，树汁会粘在刀刃上，使刀刃变得很难拉开，但这对赖桑并不是难事。因为长期使用园艺剪，赖桑的右手特别粗壮有力，与他握过手的人都有深刻的体会。

若是大的分枝，就得动用细齿锯。"由下往上锯，才不会在树皮上造成撕裂伤。"赖桑边锯边解说原理。

有一回，为林场做影像纪录的廖志豪在一旁看得兴起，请求赖桑让他修一根树枝试试。当他站上铝梯后，才发现这工作没想象中容易：踮脚、缩腹、伸长右手，锯子才能够到树枝。这还不够，得再加上全身使劲上下移动。等枝条终于与主干分离时，廖志豪早已全身酸痛，一旁的赖桑也笑弯了腰。

林场里的每一棵树都被修得树干光滑，枝叶集中顶端，仿佛一棵棵圣诞树。"可以骑马巡逻啦！"赖桑常这么开玩笑。

一般人工造林，修枝是要让树材美观，卖个好价钱，但不砍树、卖树的赖桑，修枝是出于其他原因。

一些珍贵树种如牛樟，有厂商是称斤论两收购枝叶，但赖桑不为所动，并不销售。"我这样做，才是对树好，对环境也好。"

他边剪边解释，剪下后的枝叶便就地分解，累积成腐殖质后，又成为树木成长茁壮的养分，形成循环。

此外，修枝能使森林通风、透光，树的生长才会良好；其二是穿透性，视线可以看得比较远，不易有蛇藏匿；其三是方便，这样工人在树下除草才不会被卡住。尤其是分枝多的肖楠，若放任其生长，林场就会变得昏暗阴森，而不是今日清爽秀丽的感觉了。

在大太阳下挥汗修完枝，躲入树荫下休息时，赖桑便对树特别感恩："不吃好的、不庆祝节日，把钱用来种一棵树，就赢好几万倍了！"

赖桑失去了金钱，却赢得了自信与满足，也为每一位地球子民赢得了环境的健康与永续。钱，是要赚到口袋里才算富有？抑或，用来创造双赢与共好的价值，才算真正的富足？

这是赖桑给我们的逆向思考课。

02 只有最好的，才能最久

　　林场下方的一条小路旁，矗立着一棵高度超过三层楼的大牛樟。它，就是赖桑种下的第一棵树。

　　三十年前，它只是一棵十五厘米高的小苗，如今已是双手合抱仍差三十厘米的参天巨木。偶尔，赖桑还会走到这棵树下，摸摸它粗糙厚实的云状斑纹树皮，遥想当年的辛劳。

　　每次赖桑开车来看它，就算森林里空无一人，他仍习惯在停好车后"叭！叭！"按两声，"这是告诉大家，我来啦！"。

　　"这棵牛樟才是赖桑正港的'大'儿子。"赖桑的大儿子赖建忠笑称。

　　当时，卖牛樟苗给赖桑的园艺公司用插枝法，将修剪下来的牛樟枝浸泡发根液后，再移植到土中。虽然生长速度快，但因为缺乏主根，长到七八年就会莫名其妙地枯死。赖桑不敢冒险，只敢零星种几株试水温，这株牛樟便是当年的幸存者。之后种的树木，便以肖楠为主了。

　　帮忙打理林场的退休教官谢正文，认识赖桑超过十五年。一九九八年左右，谢正文每天傍晚都在大雅区大明国小操场慢跑，有个中年人也经常在那儿练跑，两人便成了点头之交。

惊人的肖楠林

有一天，中年人突然开口了："我在大雪山有个林场，种了很多肖楠，大家都叫我'肖楠赖'。你想不想上来看看？"

谢正文这才恍然大悟，原来大雅人口中"有人在大雪山种很多肖楠"的乡野传奇是真有其事，而且传奇就在眼前！

几乎是同一时间，经营车床生意的黄志雄也认识了赖桑。当时，他在大雅花市附近的一家艺品店当店员。他注意到，周末常有位中年人来看画，偶尔也会买几幅作品。特别的是，他只买以"树"为主题的画。

两人聊开后才知道，中年人是逛完花市后顺道来看画。而且，他不只买树的画，还真的在山上种了好几十甲的树。

黄志雄回忆，第一次受邀去林场，他就被满山遍野的肖楠林震慑住了。"这是肖楠天下！"随行的妻子脱口而出。

当时的肖楠树龄不到十年，高度仅约两米，但每一棵都自然长成尖塔状。起风时，由山坡上往下看，一棵棵站得直挺挺的肖楠，仿佛一波接一波汹涌起伏的绿色大军。

树种多样化 创造稳定生态圈

但大自然是一位严师，总是爱无预警地出难题考验学生的毅力。林场里有块八十度的大陡坡，赖桑称它为"黄山"，原本种满了肖楠，但二〇〇四年敏督利台风造成的"七二水灾"重创中部，数十株十多年的肖楠，一夕之间全被泥石流淹没。

种树前，树苗会先送进林场适应环境，提高存活率。

赖桑一边心痛地将倒塌的肖楠木做成桌椅，一边想着："到底做错了什么？"原来，直挺挺的肖楠木就像军人，地面滑动时也会跟着倾斜，并不适合种在陡峭的坡上。

这件事使赖桑猛然想起，许多上过林场的学者专家都提醒过林场树种过于单一可能带来的风险。这一次他学到了，不只要种对的树种，还要种在对的地方。

于是，在种了十万棵肖楠后，他也开始寻觅更多新的本土树种。

据台湾林务主管部门负责人杨宏志解释，单一林种的森林，林木过于郁闭，阳光无法照入，地上连草都长不起来。没有食物来源，没有腐殖质，自然也不会有野生动物。相反，种植多种树种，"植物歧异度高，生态圈会更稳定"，才是健康的森林。

而种本土树种的好处，又比外来树种多很多。除了可为其他长期共同演化的生物，如鸟类、昆虫打造共存共荣的家，也因为较适应当地气候与土壤，不必施肥和管理，就能长得很好。

只选择最有价值的树

认识赖桑十多年的刘万崇来自务农世家，从小看家中长辈种花草和果树，也喜欢爬山和露营，看过各种台湾原生树种，是赖桑的"种树军师"之一。有一段时间，赖桑三不五时就往他家跑，一进门劈头就问："现在种什么树比较好？"

"我建议他种'正统'的树，像是松、柏、榉木、牛樟等，这些树都长得很慢。"后来，这些生长缓慢，但树龄都可望达千年的树种，都成为了林场的新住民，"种一棵，就一劳永逸了！"。

后来，赖桑选择在"黄山"的崩塌地，改种树干弯曲较有弹性的五叶松，让它顺着山势生长，就再也不曾崩塌了。"平地就种牛樟和肖楠。陡坡等恶劣环境，则要种意境高的树，像是松、柏。"这几年，赖桑在陡坡上加种了许多树形优美的玉山圆柏，是他独到的生态美学。

相对于正统树，还有杂木。常见的行道树如黑板树与榕树，长得非常快，突出的根系甚至会将人行道挤碎、崩裂，但因为树龄短，树材无经济价值，赖桑从不考虑。

"赖桑只种最好的！"刘万崇观察。

"如果这片山种的都是黑板树，还有人想上来看吗？"赖桑常反问友人。在速度与价值之间，他向来毫不犹豫地选择后者。这种坚持，还可以从另外几个例子中看出来。

赖桑常找刘万崇一起买树苗。他观察，有些人只考虑自己的喜好，会"搜集"特殊、漂亮的树种。赖桑虽然也喜爱有价值的树种，但绝不会逆天，外来树种即使再宝贵，只要不适合这片土地，他也不会多看一眼。

与刘万崇讨论后，赖桑也开始采购种子实生的牛樟苗，虽然比较慢、比较贵，但根比较扎实。

在大雪山，同样的生长期间，牛樟的树围一年可增加一寸，几乎是肖楠的两倍，种起来十分过瘾。而代价是，一株两英尺高的肖楠仅八十元，牛樟却要八百元，考虑到十倍的价差，多数人都会选择种肖楠。

但赖桑总是会多想一步："眼前的便宜，是真的便宜吗？"看长不看短的他，还是毅然决定改种牛樟。现在，牛樟已经成为林场中第二多的树，约有七万棵。此外还有一百多种树种，包括青枫、土肉桂、台湾圆柏、雪松等，也陆续在林场里占稳了各自的地盘。

经历三代人　才能成就永续

赖建忠说，某次闲聊中，赖桑提到，二十年前，他曾去过南投中寮乡一个日据时代留下的肖楠巨木群。

"真的吗？"好奇的赖建忠立刻追问细节，父子俩便决定一起再去一次。

那里只有海拔三百多米，却有二十多棵八十多岁的肖楠巨木。"虽然树龄不算长，但是壮硕、强盛的生命力已足够看出希望的美。"赖建忠说。

两人在安静的树林里走着，只听得见彼此沙沙的脚步声，赖桑忽然感叹："以后，林场里那些树都会像这些树，这么地巨大、强盛，带给人们希望，但那个时候我已经看不见了。"

依附在钯管旁的牛樟苗。

他转过头，又笑笑地对儿子说："你应该也看不见。但是，你儿子看得见。到那个时候……不得了啊！"

这段对话深深刻在赖建忠脑海中。

企业也好，志业也好，种树也好，任何事，至少要历经"三代人"，才能显得出"大"。而关键，就在第一代。这些肖楠巨树群，便是因为日据时代的人有智慧地种下它们，今天的我们才能看见。

大自然无时无刻不在通过树木提醒我们：最好的，不见得最快，但一定最恒久。只要愈多人愿意做种树的第一代，就有愈多第二代、第三代能享受智慧带来的美好。

03 森林里的生命小故事

赖桑不怕累不怕晒，只怕两种东西：蛇和蜜蜂。

幸好，林场里有一群不请自来的小黑狗，常在赖桑跟前跑来跑去，帮忙打草惊蛇。又称"食蛇鹰"的大冠鹫，也会捕食蛇类，因此赖桑还没有被蛇咬过。

但蜂就很难避免了。林场有全身毛茸茸的熊蜂、用湿泥盖房子的泥壶蜂，还有凶猛有剧毒的虎头蜂，被蜂蜇是家常便饭。

有一次，长期记录林场生态的媒体工作者廖志豪、赖桑和林场工作人员黄主任，走进一片人烟罕至的牛樟林，惊扰到一个蜂窝，数十只蜂立刻蜂拥而上攻击入侵者。

廖志豪的眼镜被蜂神风特攻队似的"咚"地狠撞一下，脸上被蜇了一个包；黄主任最惨，被蜇了四五个包，脸肿得认不出来，几个小时后才消肿。那次，赖桑则逃过一劫。

另一次，赖桑与工作伙伴在林场吃饭到一半，忽然飞来一只近五厘米长的中华大虎头蜂。这是体形最大的虎头蜂，常出现在山区，凶猛又领域性强，林场伙伴告诫大家赶紧闪开："两只就能叮死一头牛！"

林场另一种看似恐怖的生物，叫作蜘蛛。

"你讨厌蜘蛛吗？讨厌的话，点一下赞吧！"有次，经营林场"脸书"的赖建忠在粉丝团上做了这个调查，共有五十二人点赞。

许多人不喜欢蜘蛛。长长的八爪、斑斓的颜色，近看实在使人头皮发麻。赖桑却独爱蜘蛛，因为蜘蛛织的网能捕蜂，避免人种树时被叮得满头包。

林场里有很多蜘蛛，尤其是夏末秋初，万物忙着储粮过冬，蜘蛛的数量与尺寸更是惊人。

某一天午餐时间，一只雌人面蜘蛛从肖楠树上缓缓爬下，正在用餐的林场伙伴们一阵惊呼，纷纷放下手中碗筷，好奇地看着它的一举一动。

这是台湾最大的蜘蛛品类，身体最长可达十厘米，八只触角伸展开来，面积超过一个大人的手掌。它们会在树林中结出圆形网，有些直径可达一两米，比一个成人还要高。

尤其秋霜露重之际，常可以见到两棵高高的肖楠树间，一张张巨大的蛛网点缀着繁星般的露珠，旁边又层层叠叠架上几张小网，四五只大大小小的蜘蛛，便一起住在这贴满天然水晶的树梢豪宅里。特别的是，山里的蜘蛛网特别坚韧，不小心一头撞进这天罗地网，还真的会有被"捕获"的感觉呢！

蜘蛛　生态系统中的要角

人面蜘蛛是林场里最常见的蜘蛛种类，几乎每棵树的树梢之间，都能看见它黄绿色的身影。胸背板上有两个凹陷的黑色部位，仿佛一对大眼睛，因而得名。而人面蜘蛛的近亲横带人面蜘蛛，在林场里也很常见，膨大的腹部有明显的黄黑条纹，侧面还有一抹珊瑚红，颇有威吓效果。

有趣的是，每只人面蜘蛛的"脸"长得都不一样。幼蛛的斑林场的植物与猎物愈多样化，蜘蛛种类也会愈多。

纹模糊，就像婴儿都长得很相似，但成蛛的斑纹就五花八门了，有的"五官明显"，有的"眼大嘴阔"，有的"表情狰狞"，都是为了吓唬鸟类等天敌而生的自然演化。

此外，林场偶尔也会出现稀客，比如长得像长角太空船的变种梭德氏棘蛛与古式棘蛛，以及背部有白色星辰花纹的泉字云斑蛛。这几种蜘蛛，都是建忠在林场工作时拍到的。他相机不离身，只要看见不知名的陌生住客，拍张照，放上粉丝团，立刻就有粉丝帮忙专业解答。

为什么林场里有这么多各式各样的蜘蛛？

根据相关资料，在生态系统中，蜘蛛扮演了相当关键的角色，也是重要的生物多样性及环境指标。

第一，它是陆地上最主要的无脊椎捕获者，主食包括昆虫与虫卵，能平衡节肢动物（昆虫）的数量。栖地的植物愈多样化，猎物愈多，现踪的蜘蛛种类也会愈多。

而且，蜘蛛对环境相当敏感，一旦栖地被农药或化肥污染，就会死亡或移迁。因此，当看见树上挂满蜘蛛网，不要觉得恶心，而要庆幸这里其实是一片天然纯净之地。

蜘蛛多了，自然会引来鸟类大快朵颐。鸟，是林场里启动生命循环的信差。它们爱吃果实，尤其是山樱花果实，吃完了就随地排泄。幸运的话，种子会随着鸟粪降落在一块肥沃的土地上，重新生根、发芽，开始一个新的循环。

每一种树林的地上，都因此长满各种不知名的草花、树苗，唯独五叶松林例外。

由于松针更迭快速，松林里一年四季都铺着一层厚厚的松针，仿佛一袭红棕色的地毯。这席"地毯"隔绝了土里植物接触阳光的机会，也使种子落不进地底，导致松林里寸草不生。唯一有可能冒出芽的种子只有两种：山樱花与五叶松。

刚钻出松针堆的五叶松嫩芽，就像一个紧握着的绿色小拳头，手指头一只、一只缓慢舒展开来，甚是可爱。

但是，为何樱花种子能在如此特殊的环境下发芽？

赖桑推测，可能因为樱花种子跟着鸟粪一同降落，带着充满养分的"便当"，才有足够的能量发芽。大自然就是这么奇妙。

夏天热闹的"大树饭店"

即使是不起眼的树干上，也有许多生命故事上演。

林场里有一种树，树干光洁而白皙，夏天开满白色小花，花瓣长而多皱褶，衬着细长的黄色花蕊，仿佛一条条随风起舞的波浪圆裙。

这是九芎。如此美丽的树，却有个乡土的名字——猴不爬。据说，因为树干实在太光滑，连身手矫健的猴子都爬不上去，才得此名。

九芎是独角仙最爱栖息的树木之一。

　　没关系，猴子不爱爬，独角仙却很爱爬。尤其是夏天交配季一来，九芎树干上就爬满吸食树液兼求偶的独角仙，偶尔还会演出四五只叠在一起的"十八禁"画面。

　　九芎不只美，树液也特别香甜。建忠还曾经拍到三十多只苍蝇动也不动地"粘"在树干上大快朵颐的画面。

　　夏天是树干上最热闹的季节，除了独角仙，还随时可见拟态的竹节虫、拢着绿色薄翼的夏蝉、有如风干柳丁的螳螂卵鞘，还有金黄透明的蝉蜕，紧紧攀附其上。这里，是它们共同的家。

　　上过林场将近二十次的东吴大学会计系教授翁霓，深深被这些人、动物与植物互动的故事感动。有一次，她摸着长满苔藓的树干告诉赖桑："如果这些生物都变成人，他们全都会听你的，因为是你赋予他们食衣住行的受用。"

　　如果一棵树上有一万种大大小小的生物，那么，三十万棵树总共喂养了多庞大的生物家族？如果林场开放，这些生物怎么办？它们的家，还会存在吗？

04 山樱花与血斑天牛

数十年岁月中，森林教会了赖桑许多道理。其中最重要的"大自然宪章"便是：重要而影响长远的事，要慢慢做；能花钱解决，就不要靠破坏自然来达成目的。

山樱花与血斑天牛的故事，就是在林场里上演的一则生态寓言。

多年前，赖桑种了许多台湾原生种山樱花。每当冬至春来，一片浅粉深桃的花海使森林变得热闹非凡，但严重的病虫害也让他伤透了脑筋。

原来，有一种保育类昆虫"雾社血斑天牛"，最喜欢栖息在樱花树上。这种虫子相传是在日据时代，由驻守雾社的日本警察发现，因为背部有美丽的红色斑纹，因而被命名"血斑"。樱花树上的深褐色斑点，则成为完美的保护色。

如果发现围绕着木屑的蛀洞，就代表这棵树已成为天牛幼虫的家。若太多幼虫在树干里钻洞，树木就可能枯死，树干更可能因空洞而折断。

到底是该砍树，摧毁天牛的家，还是洒农药，杀死天牛呢？"我告诉过他防治的方法，但赖桑不想破坏生态，没有照做。"赖桑的好友刘万崇说。

其实在野外，山樱花本就是散生在林间，只有树种单一的人雾社血斑天牛对山樱花树情有独钟。

造纯林，才会发生病虫害。赖桑不想砍树，也不愿杀生，便开始加其他树种，如肖楠、五叶松和牛樟，让生态更多样化。几年后，这些树干空洞化的山樱花也自己折断了，便如此渡过了虫虫危机。

尊重大自然的平衡

有一次，赖桑在访客面前提到这个经验，对方十分不解："万一生病的树木变多了，或病虫害变严重了，怎么办？"

"病态，就是生态，"赖桑很豁达，"一万棵树，总有三五棵会生病。死了，就给微生物做食物，是很正常的。"

他认为，大自然自有一套平衡的运作方式，该生就生，该死就死。"为什么要因此喷农药？你们人类才奇怪！"

对啊，为什么都已经来到山上，还要凡事照着人类的游戏规则来？一席话，点醒一群习惯把"效率"与"标准化"放在第一位的人，大家立刻哈哈大笑。

赖桑没有宗教信仰，但他的一言一行都有着追求万物平等的用心。用宗教的语言来说，就是没有"分别心"：无论是万物之灵的人类，或是动物、昆虫和植物，在林场里一律平等、互助共生。

另一次，赖桑修整了一条林间小道。前一天堆好了土堤边坡，打算隔天再架上杉木和钢筋作挡土墙。

不料，生物的本能总是要比人类行动快一步。隔天一早突然发现，边坡竟被铲得乱七八糟，不仅九十度的弯角不见了，还多了好几道深深的沟痕，就像被四轮传动车辗过一般。

到底是谁搞的鬼？原来是贪吃的野山猪。前一天赖桑修路时，把藏在地底的蚯蚓都翻到了土地表层。由于林场不施肥，不用除草剂，也不清除落叶和枯枝，腐殖质丰厚，蚯蚓一只只都有食指般粗，简直像泥鳅。

美食当前，山猪岂有不吃的道理？当然趁着月黑风高，用长长的鼻子对着边坡又拱又铲，把蚯蚓挖出来好好饱餐一顿！

赖桑没有找人抓山猪，而是一笑置之，重做一次边坡了事。

另一种爱吃蚯蚓的生物叫台湾鼹鼠。它也会用尖锐的脚爪在地底挖地道，只要看到地面上出现一道道微微隆起的小土丘，就知道它的"地下工程"来到附近了。有一次，树下一坨猫头鹰排遗中出现疑似鼹鼠的残骸，原来这种不起眼的哺乳类动物竟把顶端猎食者引来了。

这件事又给林场的访客们上了另一场生态教育课。当环境变得友善时，生态圈中一个个失落的环节就会慢慢扣连起来。

"猪来吃，鸟来吃，就让它们吃。我们要懂得分享，这些动物也有生存权。"赖桑说。给动物生存权，就是尊重它们的生活空间。

当大冠鹫出现时

其实，每一种生物的出现，对环境都代表着一种意义。

有一天，平静的森林里发生了一桩"凶案"。没有目击证人，没有血迹，案发现场只留下一地散乱的羽毛和骨肉残骸。

根据线索判断，受害者应该是一只斑鸠，头号嫌疑犯就是常在林场上空盘旋的猛禽大冠鹫。

大冠鹫是台湾特有亚种，也是台湾天空最常见的大型猛禽，因为特别爱吃蛇，所以又称为蛇鹰。夏秋之间，天空中常传来"呼～呼呼～～"的叫声，一抬头，便会看见一个个黑色身影衬着碧蓝的天色，在空中滑翔。运气好的话，还能看见它特有的黑白相间的羽毛缓缓从枝丫间盘旋落下。

林场步道边，有棵顶端枯萎倾斜的杉木，一枝独秀的姿态，正好为鸟中王者预备了居高临下的宝座。赖桑和大儿子赖建忠，都曾看过大冠鹫栖息其上、睥睨众生的模样。

一位网友在建忠分享的照片下留了言："记得教授说过，只要看到老鹰在山上翱翔，就表示此区的生态是平衡的。老鹰是森林物种的高层，它的食物是鸟类，鸟类吃虫子，虫子居住在土壤里或吃树液。哇！开心，大家住在这里真是安居乐业啊！"

斑鸠吃蜘蛛，大冠鹫又吃斑鸠，大自然是如此环环相扣，当食物链顶端的动物出现时，就代表下端的生态系统已经完整了。

"我称这座山是'万缘山'，"赖桑的工作伙伴涂荣钦说，"赖桑没有分别心，所以各种动物、植物都在这里聚会。"

　　动植物在此聚会，大冠鹫、山猪等食物链顶端的猎食者也一一现身，那是因为，林场的地底已经默默住进一位最最宝贵的住客——水源。

05 大自然之母——水源来了

在赖桑用十五年种下十五万棵树后，最珍贵的大自然之母——水，悄悄现身了。

二○○○年前后的某一天，赖桑走到林场下方，忽然听到一阵窸窸窣窣的声音。"难道是水管漏水？"他循着声音往前走。

地面愈走愈软，空气中的湿度愈来愈高，过去二十年来原本干涸的山沟，竟然又注满了干净的山泉水，一条蜿蜒小溪赫然出现在眼前。林中深处还不断传来哗哗的水声，显然藏了一座小瀑布。

"全世界最有价值的不是钻石，是环境。没有水，就没有生态，要钻石能做什么？"赖桑说。

水来了　生命就诞生了

每个人在生物课本上都读过："水，是生命的起源；森林，是水的故乡。"但为了经济发展，过去几十年来，台湾的山林躲不过开发的命运。森林消失，土地涵养保水功能丧失，泥石流灾情连连。

但在赖桑的山上，经过长期种树后，复育的真实案例出现了：树木行光合作用时，将水蒸气排放到空气中，形成云雾，而

种树十五年后，林场里出现了小瀑布。

水蒸气累积到一定密度，就会开始降雨。当水来了，生命也就诞生了，从此不断循环。

而当种下的是根部深而发达的树，就像钉下一根穿透土地的锚，可以增加土壤的凝聚力，抵抗大雨冲刷。林场里的牛樟、榉木、肖楠、九芎等树，都属于这种深根的水土保持植物。

森林的树冠、林下植物和枯枝落叶，则能过滤水质，覆盖土壤，减缓雨滴对土壤的直接冲击。富含有机质的土壤，也会形成高渗透性及高导水度的团块。这样的土地会"呼吸"，能把水都吸纳进无限大的胃里，预防地表冲蚀。

更重要的是，和水泥地与草地相比，森林水分蒸发量较高，土壤含水量较低，需更多水分才能补足土壤里的缺水。当暴雨来临时，土壤间隙需要更多水分才能达到饱和，这样便能延缓坡面崩塌的时间。

惊人的是，这些深藏在土壤、岩层孔洞中的地下水，蓄水量甚至可能超过一座水库。当干旱来临时，地底就会涌出涓涓细流，让河流中生物继续生存，这就是"生态流量"。

有一次大雨过后，常来林场拍摄生态的廖志豪和赖桑一起走在森林步道上，发现地上形成了好大的一摊小水塘。二十分钟后再走回来，神奇的是，这摊水已经几乎被土地吸收了。

"在城市的水泥地上，这么大一摊水，恐怕一天都干不了。"廖志豪蹲下来，发现小水塘旁边，有两只硕大的蚯蚓正蠕动着。

仔细一看，不对，这是一只蚯蚓，被拥有巨大下颚的山蚁切成两段，一边扭动挣扎，一边被山蚁们庆功似的扛回蚁窝。蚯蚓上还有只来回跑动的大山蚁，想必是这次猎食任务的指挥官！

原来，当土壤吸饱水时，隐身其中的蚯蚓只得钻出地表，才能呼吸到空气。一不小心，就沦为山蚁的珍馐了。

大里泽蟹、乌龟纷现身

空气、水、树木、土壤，地球上所有万物都息息相关。小溪的出现，意味着无农药污染、不过度除草的森林生态系统创造了新的溪流生态系统。

二〇一一年，赖桑二儿子建宏在小溪边的泥滩地，发现一个跑来跑去的小东西。原本以为是只蚱蜢，仔细一看，竟是一只螃蟹。他连忙用手机拍下来，对照图片，才知道竟是一只大里泽蟹！

这是台湾特有的小型泽蟹，背甲只有一点五厘米宽，全身红棕色。它是底栖性碎食者，捕食小鱼、水生昆虫，也是鸟类、鼠类和山猪的食物。因为对水质的要求很高，只出现在流动的水域附近，被视为水质的指标。

来年，更有趣的住客搬进来了。二〇一二年某个夏天的早晨，建宏站在山坡上除草，忽然听见"锵"一声，手跟着往后震

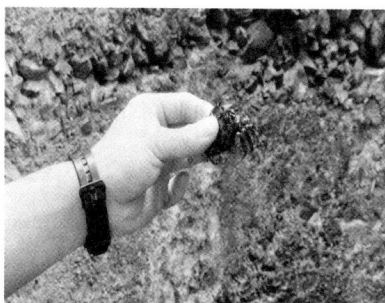

对环境敏感的大里泽蟹也循着水源而来。

了一下。除草机刀片似乎击中了什么坚硬的东西。

"可能是石头吧。"他弯下腰检查，发现草丛里有个黑黑的"石头"。拿起来仔细一看，竟然是一副龟壳！他兴奋地交给父亲，赖桑也高兴得不得了，三步并作两步拿去向大家献宝。

中午休息时间，远远地，大儿子建忠就看见父亲手上抓着一个黑色物体，兴冲冲地快步走来，劈头第一句话就是："种树种了二十几年，第一次看见林场里面有乌龟！"

龟，象征祥和、长寿，也代表溪流生态圈更多元、更完整。

随着大雪山这一隅的树愈种愈多，出水量也愈来愈大。担心冲垮路基，负责林场管理的谢正文正商请当局上山做防洪引导沟渠，希望让山下四五十户人家也能共享这泓山泉水。

奇迹似的改变环境

另一种看不见但闻得着的贵客，则是空气。

二十多年前的一个夏天，赖桑上台北办事。当他走进一条窄巷时，两排住户的冷气通风孔同时灌出呼呼的热风，吓得他慌忙转身退出。"台北人，怎么这么可怜啊。"他摇头。

当赖桑刚开始种树时，黄土遍布的山上也曾终日刮着炙人的热风。可是，在树木一棵棵长大后，现在即使山下气温高达三十七度，一进入林场，皮肤就仿佛被喷上一层沁凉的水雾，还能闻到草香阵阵的凉风。

"那个温度、湿度和清新的空气，身体和心理都会告诉你：'这是你需要的。'"曾就职于玉山公园管理处的前台中市营建处处长何肇喜说。

高度能够降温，森林也能。

森林茂密的树冠能够阻隔太阳辐射，因此即便天空艳阳高照，森林里依旧清凉。白天可能较外面低摄氏三到五度，夜晚则因为热量不易散失，温度反而较外面高，冬暖夏凉。

森林还能缓和气流，阻挡强风，将一股强劲的气流分散成多股小气流。当风吹向森林时，在林场数百米外，便会因为森林的阻挡而向上流动，开始减速，越过森林后再前进。

这时的森林就像一个巨大的冷热空气交换机。这个过程中，大量洁净空气灌入市区，并与市内干燥空气交换，达到通风及消除干热的效果。

人人都知道，树木进行光合作用时能吸收二氧化碳，排放氧气。较鲜为人知的是，无法参与光合作用的多余的二氧化碳，也会储存在树木的根茎处，称为"碳吸存"。

树木的碳吸存能力，依种类、大小各不相同。根据"环保署"的"乔木碳吸存量计算机"网页，一棵十米高、圆周六十厘米的樟树，一年碳吸存量约为一百公斤；一辆每天跑二十公里的小汽车，则会排出五公斤的碳，一年累积约一千八百公斤。

随着气温渐降，逐渐转红的枫叶。

意即，要种下十八棵树，才能平衡一辆车排出的二氧化碳。全台湾有六百多万辆小客车，至少要种一亿多棵树才能平衡。

赖桑花了二十亿新台币，种了三十万棵树，平均种一棵树的成本是六千多元。而每一位驾驶人，只要花十万元种树，就能平衡自己一辈子——甚至是后代几辈子的子孙——排放的二氧化碳。

"生活、做企业多少有污染，要靠种树来还。离开这世界时，才不会负债于地球。"赖桑说。他一个人所种的树，就清偿了一万六千多位驾驶人的碳排放量。

种树的好处说不完。人类基本生存三要素：阳光、空气、水，就有两项来自于树的贡献。赖桑说："我感谢树。不论什么天气，都不需要特别照顾，它们自会长大，还把最好的水和空气给人类。"

人，真的改变了环境。从沙漠变出甘泉，将热浪转成凉风，是赖桑三十年前花五千万引水种树时，无法想象的奇迹。

第六章

桃李不言，下自成蹊

十多年埋头垦山种树的日子之后，
树慢慢长高；
口耳相传间林场也慢慢出名，
访客开始上山，
一探究竟。

01 接待访客

二十世纪九十年代末，台中大雅地方上开始流传"大铭货运有人在山上种树"。这时候，赖桑已经种了十多年，数量最多的肖楠树已长到两米，超过一个人的高度了。

既期待肯定，又怕受伤害的赖桑，决定邀请信任的亲友上山，看看他的小天地："我是完美主义者，气势不到的时候，我不给人家看，否则别人觉得没看头，对我不利！"

这是林场接待访客的开始，一个月只有一次。有人来过一次，便不再联络或被列为拒绝往来户，也有人成为赖桑一辈子的好友。

赖桑的友人黄武雄第一次上林场是十多年前，赖桑邀请他与妻子上去赏梅，同行还有许多他不认识的赖桑亲友。当时林场下方的一片梅林是赖桑买地时就有的，因为树龄老，被留了下来。

他记得，当时大家都争相采梅子，但赖桑发现这对年轻夫妇对采果兴趣不高，便开车带他们去看树。"一般人只看到采梅子的快乐，但我看到的，是树长大的快乐。"他告诉黄武雄。黄武雄这才发现，原来赖桑邀人上林场，目的是寻找知音、伙伴与切磋学习的对象。

可惜，多数人只把它当成一般郊游玩乐，还不经意暴露了人性的弱点。

赖桑兴起时，会在访客面前表演"金鸡独立"。

台中常春藤高中副校长陈金龙，二〇〇二年就和同事们去过林场。他记得，当时同行有位妇女，别人忙着了解林场的故事，她却忙着采梅子。赖桑当场就变脸了："你今天来不是来欣赏我的作品，而是要拿走这里的东西！"

邻居张信源也记得，有一次，从台北来了一群校长，上山路程中经过果农的桃子园，竟然顺手就摘了几个下来。赖桑看到，脸随即沉了下来："你要吃多少，我出钱买！"

只接待认同理念的访客

随着赖桑名气愈来愈响，想上山拜访的人也愈来愈多，品质却参差不齐。有人真心想学习，但九成五都是来凑热闹，搜集与名人的合照。

赖桑个性单纯，不喜欢复杂，加上做货运时吃了不少闷亏，便只想跟粗鲁无礼的人保持距离。偏偏心肠软、出身贫困的他不擅长拒绝，过滤访客的任务，便落到大儿子建忠和好友涂荣钦身上。建忠负责企业和政府单位，一般个人和团体则由涂荣钦负责。

安排过程就像"工作面试",想上林场的访客,两人会先约见面泡茶、喝咖啡,了解对方的行业背景、人品理念与对种树的态度。谈过这三个问题,通常就能筛选出磁场相近的人。

"没钱没关系,但要有素质!讲话没水平、大小声,抽烟、喝酒、吃槟榔的人都不能进来,如果带了这样的朋友进来,自己下次也不用来了!"赖桑严格规定。

涂荣钦记得,有一次,有一个人口才便给,直说要砸两亿新台币帮忙建设林场,但愈讲到后面,愈让人觉得事有蹊跷。赖桑断定这个人"心术不正",最后没有让他上林场。

"赖桑只想吸引认同的人来。有认同,才有可能当朋友,否则,再有钱也不会让他上来,因为不可能当朋友。"赖桑好朋友陈重生解释,"这个人必须有公益理念。如果只在乎利益或小我,赖桑就不会让他上去。"

志同道合了,接下来才会安排参访。如果是不认识的人初次上山,安排时间、讨论行程,至少要花上个把月。

另一位赖桑好友郭建江观察,最后进来的,八九成都是心地善良、生活规矩的人。即使偶尔"失算"——有一次,竟然有位访客把酒带进林场喝——"但磁场不合,这种人通常也不会想来第二次"。

进林场的行程通常是这样的:早上到达后,先坐在山屋前的茶亭,由建忠先花半小时简介赖桑的生平与林场的历史,然后再打电话,把正在云深不知处种树的赖桑叫回山屋前,与大家见面,相当有神秘感。

上山前　请先做功课

中午，访客们会拿出自己带来的食材，借用林场的厨房煮一顿大锅面，或吃山下买上来的便当果腹。午饭时是大家"拷问"赖桑的最佳时机："为什么想种树？""太太都不生气吗？""未来会对外开放吗？""为什么能种三十年？"

赖桑的答案相当具有"赖式风格"，非常跳跃。"一件七句话才能说清楚的事，赖桑通常只说两句：第一句和最后一句，落掉中间五句！"建忠半开玩笑地说，因此第一次听赖桑说话的人通常需要"翻译"。

比如说，如果问"为什么能种三十年？"得到的回答可能是："第一，强烈的兴趣；第二，美感；第三，要全面认同；第四，要能千秋万世；第五，要十方不败！"

意思是，要有非常强烈的兴趣，能够美化环境，当局人民都支持，能够永续经营，才会得到各方的认同，才能够做得长久。

赖桑最喜欢在吃饭泡茶的这段时间，尽情与访客沟通种树的理念。如有人不断私下交头接耳，或沉默不语，一直滑手机，他就会像会议主席一样，威严地直接点名发问："你对这一片林场有什么看法？"让对方知所进退。

他深信："不能进来吃喝玩乐，只能进来互相学习！"

台中农工老师蔡耀中曾多次带朋友上山。有一次，其中有人一直滑手机，赖桑直接指着他说："你以后不用来了！"另一次则在事后告诉他："今天这一群不用来了！上次那群还可以！"

从此之后，上山前，他一定会举办"行前说明会"，请大家当访客上山拜访时，赖桑都会亲自解说林场的历史。

先上网读赖桑的资料与影片，并再三叮咛："不能大声吵闹，不能做自己的事，不是去看热闹'沾酱油'的！"

上山后，具有森林专业知识的他还会代客发问，炒热气氛，让大家更了解赖桑与林场。后来，真的有几个人因此去种树。

许多人不知道的是，中午讨论的热烈程度，将决定下午的参观深度。

赖桑是否欣赏该批访客，从他的说话方式就可以看出来。遇到不对的人，他的话会变得很少，意兴阑珊。若请他带领逛林场，他会半开玩笑地说："来一次，就带你走一百米；再多来五次，就可以走一小圈！"

若是每个人都踊跃发问，问题又很有深度，赖桑也会滔滔不绝，还会主动在逛林场的过程中，即兴表演拿手的"金鸡独立"（单脚蹲下再站起来）和"猴子上树"（爬到树枝上斜躺），大家无不看得啧啧称奇。

半开放林场　让更多人投入种树

　　林场有棵百年的老榉木，树下有块一米多长的大岩石，坐在上面，眼前便是山下一片绿海。经常有访客问："赖桑，你都坐在这里思考？"

　　顽皮的赖桑立刻配合地跳上石块，双腿盘坐、双手合十，逗得大家哈哈大笑。其实他想表达的是，种树是一种修行，种了一山好树，却不砍不卖也不留给后代，更是一种苦修。

　　慈心有机农业发展基金会科长杨丽兰也多次带人上林场。她印象最深刻的是，走在林道上时，赖桑总会把手指向天边，出其不意地大喊："看一下啦！看一下啦！"大家抬头一看，才发现头顶上蓊蓊郁郁的树木遮去了半边天，煞是壮观。

　　是的，和三十年前抬头只能看到一片滚滚黄沙的苍凉景象相比，如今的林场早已改头换面了。

　　看到大家深受感动的赖桑，这时就会半认真地问上一句："往后的日子里，一个礼拜来陪我种树一天，愿意的举手！"

　　现场立刻一片静默，没有人敢贸然答应，屡试不爽。

　　"赖桑，可不可以轮流？"有人大胆请求。

　　"我一个人每天做，做三十年，要你们一周来陪我一天，竟然没有人愿意？"语毕，他哈哈大笑。无言以对的访客对他更是既惭愧，又佩服。

　　逛完林场通常已经下午三点，赖桑会继续邀访客坐下泡茶聊天。这时候，就换他"拷问"大家："今天上来，有什么收获？"每一个人都要说出感想，要是说得不够多，赖桑还会像老师一样，追问到满意为止。

有人会称赞他的伟大，有人敬佩他的精神，也有人向他九十度鞠躬，表达敬意；更有人感动地抱着他大哭，感谢他为了这个地球，牺牲了自己的享受。

其实，赖桑只是想确定每个人都对林场有正确的理解。因为，他接待访客的唯一目的，就是让更多人了解树，进而投入种树，带着满满的心灵收获离开。

赖桑没料到的是，在成千上百的访客中，却有一位"不速之客"，彻底扭转了他与林场的命运。

这个人，就是一位报社记者。

02 赖桑，你出名啰！

美洲有一种"十七年蝉"，幼虫要在地底埋藏十七年，才会爬上枝头，羽化成蝉。赖桑在森林里沉寂的时间更长，足足经过了二十三年，才被媒体发现。

二○○九年八月十一日清晨五点多，赖桑的电话忽然铃声大作："四哥，报纸写你好大一篇！"电话那一头是赖桑的妹妹，声音相当兴奋。"种树爱台湾 赖倍元二十三年花十五亿"几个字，加上三大张彩色照片、近千字报道，占据了《自由时报》半版篇幅。

这是赖桑的第一篇媒体报道。

"赖桑，你出名啰！""倍元仔，到底是发生什么了？"那一天，赖桑电话响个不停，每个人都打来告诉他这件"大事"，连平时不常联络的兄弟姐妹也打来了。俗语说"近庙欺神"，他们其实并不清楚这二十三年来，小弟究竟在山上做什么。

"又没接受记者采访，怎么会有报道？"赖桑左思右想，对着照片端详，才想到记者可能就是前几天上林场参访的其中一位。

从没想过会出名的他，一点也高兴不起来，反而慌了手脚："怎么可以不跟我说，就写这样一大篇？这一片森林原本是要'掩盖'五十年的，现在是要怎么办？"

隔几天，《自由时报》的记者竟然自投罗网地打电话来："赖桑，杂志要采访你，行不行？"

"不要！"惊魂甫定的赖桑，想都没想就一口拒绝。

对方竟振振有词："你这是做好事，应该让更多人知道！"

这句话仿佛当头棒喝，赖桑一时语塞。"对哦，我本来就希望影响更多人种树，才让他们来参观。"当时，已经有三十位中小企业主因为参观他的农场，受到他的感召，也开始种树，例如和准工业老板赖水和、硕鼎工具机老板黄学信、住商不动产董事长吴耀焜等，都已经种下五到十公顷不等的肖楠、牛樟等顶级树。

"可是，这样会不会太'奢飏'（闽南语，高调气派之意）？"

最后，他终于立场软化，半推半就被说动接受专访，悻悻然挂了电话。"会不会是上天的安排，要让媒体报道影响规模更大的企业来种树呢？"他暗暗想着。

坚持林场不能变成游乐区

赖桑猜对了。台湾环保意识正在滋长，报道仿佛撒在地上的一粒种子，很快就爆发出意想不到的回响。

先是平面媒体，几家财经杂志当年度立刻跟进。隔年，电子媒体也来了，尤其是《民视异言堂》在二〇一一年播出后，来自各种团体与企业的访客更多了。同年，慈济证严法师邀请赖桑父子一同到台中精舍用早餐。二〇一三年，赖桑连续获当局领导人接见，担任林务主管机关的"森情大使"。此后，几乎每周都有一两批人上山。二〇一四年更是大突破，连续接待了两个多达七十人及二百人的团体。

访客对赖桑有许多疑问，例如"为何要种树?"、"钱哪里来?"。

　　"种树的赖桑"盛名不胫而走，大雪山附近山地也名气与地价齐涨。一位土地比邻林场的果农便放话"一甲地四千万（新台币）"，开出十倍市价要赖桑收购，"不然，就等林场开放后，我在这里卖香肠！"。

　　赖桑知道后哑然失笑。"我这辈子'做错'两件事，"他说，"一是不愿与所有人分享林场，二是能赚更多却不赚，不愿把林场变成游乐区，也拒绝将森林化整为零出售。"

　　尽管如此，还是无法阻挡外界对他的好奇。偶尔，还有陌生人站在围墙外大喊"赖桑！赖桑！"，甚至有陌生人趁着访客进入时，跟着大刺刺走进来。谨慎的赖桑一律不予理会，因为这片森林就是他的毕生心血，容不得一点闪失。

　　"现在若不是很熟、很有程度、对树很喜爱的人，我不会再出面。"对赖桑而言，度过一天最有意义的方式，就是种树；如果把一天用来跟陌生人合照、聊天，时间就花得没价值了。

　　赖桑天生个性内敛，不擅长面对大众，但一次次练习下来，已经可以自在地侃侃而谈。"以前有人来拜访，我会很紧张，不知道怎么说话，怎么把最好的一面呈现出来。"他说，"后来发现，只要秉持善念，就可以说很多话、做很多表演，就很轻松了。"

杨丽兰记得，有一年冬天，赖桑带着访客们走进满地红棕色落叶的五叶松林，下令："大家躺下来！"

大家你看我、我看你，起初有些犹豫，后来还是乖乖照做了。

"我第一次躺觉得很安静、很软，我从来没有过这种感觉。跟躺在草地上不一样，没有小虫，很洁净，你就会感觉到，森林是真的千年万年。"杨丽兰眯着眼描述当时的感受。如果不是赖桑提醒，一般人不会想到要做这样的突破，自然也无缘感受到贴紧土地的美。在无数次参访中，还有两次相当特殊的经验。

顶级树林中露营

东吴大学教授翁霓，前前后后共带了十几批老师上林场。她与赖桑特别契合，赖桑形容她"仿佛已经上来过一百次"。后来，连校长潘维大也想上去参观，原本打算当天来回，他却突发奇想："一天不够，我们去露营吧！"

于是，二〇一三年六月，东吴大学正副校长、主秘和学校干部，带了十顶单人帐篷上山，花花绿绿地架在肖楠林里。赖桑、赖太太、媳妇金美与孩子们，还有涂荣钦，都有一顶。

翁霓回忆，那天晚上大家聊得十分尽兴，晚上十点多才睡。"晚上的森林里有很多声音，此起彼落的狗叫、青蛙叫，还有各式各样的虫鸣，但我睡得出奇地好。"早上六点，翁霓就神清气爽地醒过来，趁太阳尚未升起，陪着赖太太去森林里散步，享受台北没有的悠闲与清新空气。

另一次则发生在二〇一四年七月。当时，一家宗教团体请涂荣钦帮忙，在林场安排一场两百人的演讲。但在这之前，赖桑已言明不接待五十人以上的团体。果然，得知详情后，赖桑想了想，吞吞吐吐地说："跟他们说，山崩了，不要来啦！"

涂荣钦硬着头皮转告对方，对方却不死心地笑问："是真的山崩，还是不想被打扰?"一心想促成这桩美事的涂荣钦，再度带着赖桑另一位友人林耀三上山，强调这一群人素质整齐，并表明会先做好功课，才获得首肯。

原来，第一次被拒绝的原因是，林场从没来过这么多访客，赖桑担心招待不周；其次是人数实在太多，细心的赖桑怕过于吵闹高调，打扰周边邻居。

最后，这两百位四十到六十岁的长者，决定将游览车停在山腰，徒步走三公里进入林场，排排坐在肖楠林中听讲，展现了相当高的诚意。

美中不足的是，早上晴空万里，中午却忽然下起倾盆大雨，一百多人挤进只能容纳五十人的小山屋吃午餐，剩下的人只好站在雨水四溅的茶亭里端着碗吃饭。尽管场面拥挤，这群人依旧安静而有序地盛饭、添汤，传递给远处的人。

"让这种人上来，就是对的！"赖桑相当肯定这一次活动的成果，也较不抗拒大型团体上山了。

至此，慈济、藏传佛教、福智团体等都来过林场。赖桑常开玩笑说："这里五教全收！"只要是出于善念的拜访，他一概欢迎，没有宗教之别。

03 企业家来访　投入种树行列

　　因为环保与企业社会责任在企业经营中的角色日益重要，除了宗教团体，也有许多经营者带着高阶主管前来林场取经。

　　佳士达集团董事长李焜耀、技嘉科技副董事长刘明雄、台明将总经理林肇睢都来过。还有营业额百亿的经营者拜访后，决定带全体高阶主管来进行干部训练。

　　"三十年前，我就知道这里会冠盖云集！"赖桑说得豪气干云。无法求证他是否真的未卜先知，但森林的确创造了巨大的吸引力，累计来访的经营者已近千位。简陋的小山屋热闹起来，可说是"谈笑有鸿儒，往来无白丁"。

　　"我做这一片，就是要吸引几千亿、几兆（新台币营业额的公司经营者）来，否则，不算成功！"赖桑十分自豪。

　　其实，吸引成功经营者来拜访的第一个原因是，赖桑想证明自己的成就并不比兄长们差。其次，也是最重要的目的就是影响对方。"很多企业家住豪宅开奔驰，但他们的工厂都在污染地球，我有点不服，"他直率地说，"我要让他们'歹势'（闽南语，不好意思）。虽然我钱没人家多，公司没人家大，但至少可以做一件能影响这些人的事。"

　　这也是林场不收费的原因之一。如果收费，就得变成来者不拒的营业场所，有影响力的人物自然就不会想来了。

来访后　重新思考生活方式

就以一家营业额破百亿的企业为例，参访前光事前沟通，就与赖桑的大儿子赖建忠通了无数次电话；人资部同仁还当面向赖桑说明训练计划，获得首肯后，才由老板亲自带队上山。

由于人数高达七十人，赖桑怕惊扰邻居，要求访客搭乘中型巴士到达山腰后，再徒步走上山，连大老板也不例外。

这是这位经营者第二次拜访赖桑，他在林场走了一大圈后，绕到一棵百年鸡油树旁，伸长脖子往下看："三年前来时，最下面的树还看得到，现在上面的树很茂盛，都挡住了！"

他最佩服赖桑的"憨牛"精神："多数人讲得多，做得少，但赖桑是一个环保实业家，一个没有工厂的实业家。企业家只是规划，实业家则是实实在在地在做、在付出。"

他认为，农业时代，父母教导孩子敬畏土地的重要，初一、十五都要拜土地公。进入工业社会后，敬畏土地的精神却丧失了，人祸引发的天灾，如泥石流、洪水也愈来愈频繁。在赖桑身上，他又重新发现了这种可贵的精神。

东吴大学教授翁霓曾询问某位经营者逛完林场的感想，对方的回答是"五味杂陈"。因为，他跟赖桑的"事业"很不一样，赖桑的事业是愈来愈长，企业的寿命却因为技术飞速变化而愈来愈短，对环境的影响也大不相同。

这个对比让这位经营者开始反思："人生到底要追求什么？又能给社会留下什么？"这时，"种树救地球"的种子，就在他心里悄悄发芽了。赖桑"邀请有影响力的人上山，让他们想种树"

林场访客来自各宗教，赖桑笑称是"五教全收"。

的最终目的，也达成了。

"一般人有钱之后，是盖一个豪华的招待所，但我不是！我要影响、感动这些老板，让他们回去后重新思考生活方式！"赖桑自豪地说，"这片山林不是我赖家的，但谁敢说公司不是他的？现在不要再讲钱，要讲社会责任！"

择善固执　成功的动力

另一位因植树而结识赖桑的经营者，是玻璃大厂台明将总经理林肇睢。

台明将在二十世纪九十年代，便开始在南投县国姓乡陆续买进一百五十甲土地复育生态，把果树、槟榔树砍除造林。因为同是造林人，便在二〇〇八年底，由朋友牵线上林场拜访。

"十句话，有八句是他在说！"林肇睢笑着回忆，"一坐下，赖桑就说：'我很忙的，没有通过朋友介绍，没有几天前安排，我是不会有空见人的！'"他观察，赖桑自我保护意识较强，若不是认真想了解林场理念的人，很容易负面解读，认为他自大狂妄。

但林肇睢只是点头、聆听。两小时会谈后，赖桑渐渐发现，眼前这个人有深度，懂他的想法，和一般人不太一样，便放下了防备心，邀请他们再次造访。

"他是一个十分有勇气的人。"林肇睢认为，赖桑最难得的就是择善固执，而且不在乎收益，这是一般人很难做到的。此外，他对自己有强大自信，也愿意吸纳外界见解，并身先士卒，亲自除草种树，"做到这几个坚持，成功是可预期的。"

曾组成台湾玻璃团队，领导同业一同到境外抢订下 IKEA 订单的林肇睢，心有戚戚焉。

第二次，林肇睢将在林场的对话题成诗句，印在照片上，裱上玻璃框，请硕伟实业老板游志成专程送上山。

"逆向操作路穷末，低空飞过境宽广"这两句，搭配的是天空几被遮蔽的一片翁郁森林；"天地浩瀚不觉虚，云雾飘散更觉满"则是一棵唯我独尊的百年榉木衬着清朗晴空；"秦皇造俑千秋赏，倍元植树万世芳"是赖桑在树林间穿梭的身影；"千辛万苦不转弯，一心一意为台湾"则是一条深入林间的笔直肖楠小径。

这四帧照片现仍高挂在山屋墙上，吸引每一位访客的目光。

企业主开始种树

除此之外，还有数十位中小企业主因赖桑而开始种树。

在丰原经营修车厂的林耀三，是赖桑中学同学涂荣钦的好友。当他听说有个人要"种树奉献地球"，便好奇地跟着涂荣钦上林场。隔天，竟然就像着了魔般，立刻雇了两名工人，把荒废多年的家中后山的杂草、杂木给砍了，一一种上牛樟、肖楠、真柏和五叶松等适合中海拔的树苗。

林耀三原本就喜欢树，家中庭院里的几棵五叶松，都是他当兵前种下的，转眼就过了将近三十年。认识赖桑仅仅一天后，他就决定重拾年轻时的兴趣，现在一下班就往山上跑。

"我种树只是为了留给后代一个好环境，不要让土地上杂草丛生就好，"他不好意思地笑着说，"没有赖桑那么伟大啦！"

其实，林耀三的土地也有一两个山头。虽然树苗刚种下不到两年，仅有半人高，但和附近被小花蔓泽兰完全覆盖的原始林相比，仍是希望无穷。

赖桑曾来他的土地"技术指导"过五六次，两人一周也会通几次电话，千篇一律，聊的都是树木生长的情况。最后，赖桑一定会加上一句："好了好了，别再拼了。放下，去种树！"

"可是我凡心重，没办法啊！"林耀三苦笑，种树不到两年，就花了上百万，太太骂，儿子也不赞成。这段经历更使他确认，赖桑种树不可能如某些人臆测，是带有投资目的。

"一般人投资生意，迟早要收成，但他好像把钱丢进大海，不求回馈。钱比他多的大有人在，但心胸比他宽的却没有。"他想了一下，继续说，"如果要说赖桑投资，他的投资也是为大自然、为地球。"

种树不难　做就对了！

经营贸易的三角点公司负责人张珍财，种树的过程更离奇了。

讲起开始种树的因缘，张珍财每一个重要日期都记得一清二

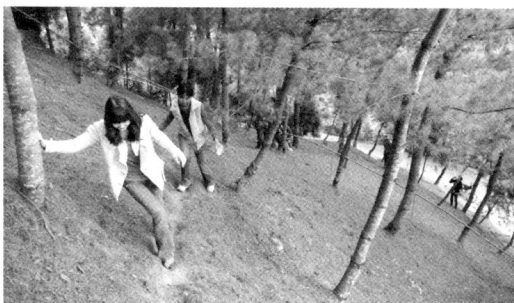

午餐后，赖桑偶尔会带访客在林场小路间"探险"。

楚："二〇一三年一月十一日见到赖桑，一月十三日决定买地，五月二十三日就买到了！"

早在几年前，朋友建议他买一块位于台中新社、海拔一千二百米的五公顷山坡地，但他觉得莫名其妙："为什么不在平地买，要跑到深山？"朋友问了几次，他还直接拒绝："你不要再说了！"

后来，张珍财加入了福智文教基金会，这是一个鼓励种树的团体。不过，对于种树，彼时他依然停留在"有想法、没做法"的阶段。

但见到赖桑后，他突然明白："种树不难，做就对了！"隔天便立刻打电话给朋友，要求去看地。

这块地原本属于两位喜爱种树的老先生，据说种了上千棵枫香。他们过世后，家人疏于整理，森林完全被蔓藤杂木封住，不仅人走不进去，也看不见里面，暗无天日，十分阴森。大家推测，树可能已经都死了。

张珍财不在乎："我只看了四个角落，就决定买了！"上林场的经验已经彻底改变了他的意念："赖桑告诉我，'要弥补过去的伤害，投资于未来的希望。'我们做外销，没有一项没有加工污染。"一个转念之后，决定就变容易了："以前觉得做山很辛苦，开车上来还要四十分钟；现在却觉得，有块完整的地可以种树，真是太好了！"

地买下时，正是夏天万物生长的季节，张珍财按兵不动。冬天一来，工人们拿着电锯、开山刀，劈开蔓藤和杂草，一尺一尺往深处突破，才赫然发现，这个神秘黑盒子里装的竟然是无价宝藏——数千棵三十五年的枫香和樟木，安安稳稳矗立其中。

第一次种树的张珍财，不只买到土地，还被免费奉送了三十五年光阴，进度瞬间"超前"，开心地立刻请赖桑来看。"吼，这是钻石级的赞！"赖桑直赞叹。

途经槟榔园　有感而发

当天回程时，途中经过一处又一处的槟榔园，赖桑忽然有感而发，转过头告诉张珍财："这条路，我要叫它'短视路'！"因为，槟榔不只对人体有害，还是浅根植物，无法保持水土。更糟的是，栽种槟榔需要喷洒大量农药，深入土地，流入河川，造成生态浩劫。

张珍财眼中的赖桑真诚而率直："他讲真话，不客套。处得来的人喜欢他，处不来，就觉得他很讨厌。"

他举例，赖桑常对上林场的企业主说："财产都卖一卖去种树啦！""谁听得下去呢？我提醒他，话'套薄一点'（冲淡一点），要人家拿百分之一来种树，更容易被接受。"张珍财笑着说，"否则，太太们都不让先生们上山了！"

来到林场的经营者与学者专家，都会对植树和林场经营提出看法与建议。赖桑称他们为"能人"，意思是有品德、有学问、值得学习的人。"我的强项之一，就是向能人学习！"

中学毕业的赖桑怎么学习？精彩的林场经营学，从访客下山后才开始……

04 森林里的聊天学习法

去过林场的人，都会对赖桑的博学多闻啧啧称奇。除了种树，举凡全民健保、哪家企业表现好、哪位老板出状况等，他不仅能与新闻话题同步，还会提出独到观点。

山里的资讯封闭，赖桑每天只看一小时电视，如何做到不和外界脱节？

他说，比起看书、读报，他更喜欢向人学习，"我的学习是跟人聊天，这样可以集思广益"。

认识赖桑近二十年的友人黄志雄认为，赖桑十分健谈，跟每一种人都能谈得来。另一位友人谢正文则观察，赖桑一见到朋友就问："最近有什么新东西？有什么特别事要分享？社会有什么变化？"因此，就算他每天有十二小时在种树，通过聊天，便能得知天下事。

但聊天学习法可不是闲扯淡，重要的是慎选聊天对象及内容。

"一段话里，有铁、铝、砂石，还有钻石，我只学'钻石级'的！"赖桑说，听别人说话，要懂得筛选、判断，而不是照单全收。钻石级的话，一百句中只有三五句，而且好听的话不见得就是钻石。

从访客中找寻"能人智囊团"

有一天，林场里来了二十多位中小企业主。一天聊下来，赖桑心中对每个人都有了底。其中一位访客，从头到尾嘴甜腰软，把赖桑捧上了天。赖桑并没有被迷汤灌倒，反而悄悄问旁人："你觉得他讲话是真心的吗？"

赖桑不欣赏耍小聪明占便宜的人："这种人不懂付出，不懂牺牲，只会占用别人的资源和人脉，眼光看不远。"他喜欢接近有大智慧的人："他们有能力、有学识、有品格，还会顾虑他人的感受。"

这种人，赖桑称为"能人"。能人包括经营者、艺术家、校长，也有一般上班族。

最后，他从二十多位访客中"锁定"三位访客：一位做园艺，一位做机械，一位做建筑。"这三个人个性比较好。我不重行业，我只重品行。"一个月内，这些"能人"就会接到赖桑的电话，约定亲自登门请益的时间。这是他交朋友的独门秘诀：理念相同，锁定不放。

赖桑说，植树三十年，赚到最多的就是朋友，每一位新朋友都是这样一个拉一个介绍认识的。"我今天会的，都是这些能人教我的。"

例如，台明将总经理林肇睢上山参访后一个月，便接到赖桑的问候电话，邀请他再次上林场，请益林场的经营方向。二〇一三年，林肇睢一手推动的玻璃妈祖庙护圣宫落成，赖桑也主动要求带朋友来参观两次。

在一群访客中，赖桑会选定有专业、人品好的人保持联络。

"这个人量很大，很少见！"得知林肇睢将从境外抢回的订单分给其他厂商，赖桑相当推崇。

另一回，赖桑带黄志雄的妻子去拜访民宿"薰衣草森林"的经营者王进义。一坐定，赖桑便井井有条地分析对方的经营特色，再比较林场与民宿的差别，以及不开放林场的理由。双方交锋你来我往，听来十分过瘾。

亲自拜访的另一个目的也是为了观摩。另一回，一位经营者提到，自己买了几棵百年神木移植到祖传的土地上，赖桑立刻眼睛一亮，赶紧追问对方："在哪里？想去要跟谁联络？"立刻就请对方抄下联系方式。

赖桑尤其喜欢到有奇石、巨木的地方参观，如彰化溪州的万景艺苑、标榜种树的佛教团体福智的林场，他都去过。

"赖桑很会从别人的身上学经验。虽然他受学校教育的时间并不长，但学习的本能很强，是好学生。"东吴大学教授翁霓观察。

聊种树聊做人　不聊八卦

虽说是聊天，但每一位朋友都说，赖桑一心一意只想着植树和林场。

经营民宿"彩绘之丘"的周百复说，与赖桑的聊天内容都很"认真"。两人常在林场里散步，一边讨论桂花树该种两千棵或五千棵，或欣赏树木又长大了多少，"谈种树、做人、孩子教育，就是不聊八卦。"

来自园艺世家的中小企业老板刘万崇也说，赖桑一个月通常会拜访他两次，边看电视，边聊天。

"每次他一来，就要我把电视转到自然知识性节目，尤其是与山和树相关的节目。"刘万崇边说边找出赖桑爱看的节目，都在 NHK、Discovery 和国家地理频道。

有一次，节目介绍世界上最高的树种——美国红杉，每一棵都超过一百米，将近四十层楼高，树干宽达四米，中间挖一个洞，甚至可以让一辆汽车穿过。赖桑看得向往不已，告诉刘万崇："如果每棵树都能长成这样，该有多好！"

赖桑拜访"能人"的日子，通常是在周日，或无法工作的下雨天。一早八点多，他就开始一个一个给朋友打电话："我十点来找你好吗？"万一对方恰好要外出，要延后时间，赖桑通常都无法配合，因为接下来的行程早就安排好了。

即使见到面，赖桑也会一开始就说明："我们今天聊到十二点。"时间到了便准时结束，绝对不会闲晃拖拉。

"他行动力高，求知欲强，会一直挖别人最厉害的专长。"黄

165

志雄说。

黄志雄记得，十多年前，赖桑提起林场永续经营的忧心时，他们夫妻曾建议信托。当时，赖桑还不知道那是什么，但多年后再谈起，赖桑俨然已成为信托的专家，对林场的未来规划也已成形。

事后发现，赖桑身边几位金融专业的朋友，都被问过关于信托的建议。原来，每当赖桑产生一个想法，就会一直放在心上，一边思考，一边询问专业人士意见，一边实作验证。

赖桑得意地说："我的强项就是很会问。同一个问题，问三五个不同的人，再归纳。而且还要问对人，问成功的人！"最后才执行，十分谨慎。如此一来，犯错的几率便降低许多。

这些能人就像赖桑的智囊团，不仅能提建议，还帮忙面试员工。许多人上过林场后深受感动，自告奋勇要来当义工。赖桑非但不欣然接受，反而蹙起眉头："没那么简单。先来陪我泡八次茶再说！"

接着，他会带着这位"准义工"，到处去拜访能人朋友们，请对方帮忙鉴定个性和人品。若是普遍得到好评，才算过关。"找人，不要一次就定下来。请神容易送神难。"这也是赖桑做运输时学到的教训。

森林中独处　沉淀思索

大约十年前，常春藤高中副校长陈金龙也因为上林场，跟赖桑结为好友。近几年虽然互动比较少，但每当有认识他的人上林场，或谈到与他有关的事，赖桑立刻就会拨电话过来，主动维持

林场的小路跌宕起伏，一般人走半小时，就需要小憩一会儿。

关系。

陈金龙认为，赖家无人务农，赖桑却能种出三十万棵树，可见他对树的知识是靠自学累积："想投入，就要涉猎；长期涉猎会变专精，知识会愈来愈广。知识要变成智慧，最重要的过程就是省思，产生联想。"

但是，一般人杂务太多，今天学到的东西还来不及仔细消化，聚个餐、喝个酒就忘光了；而赖桑数十年一个人在森林中独处，心无旁骛地省思、摸索，将累积的实务经验转化成生活智慧。古人经常抬头仰望星空，最后发展出天相年历，也是这个道理。

"他的世界看起来最窄，其实最宽。专注到最后，事业反而最大。"陈金龙观察，赖桑的表达或许不够精准，但都是从众人话语中淬炼的精华，意境甚高。

例如他常挂在嘴边的："有人穷到只剩下钱，我是穷到很富有。""不要的人，最大！""选择比努力重要。"都是他师法自然，或从"能人"身上学到的人生智慧。

05 坚持，世界都会为你让路

二〇〇八年底，金融风暴席卷全球，投资人血本无归。大雪山林场里，赖桑也坐困愁城，因为积蓄已全部花光了。

每一块能卖掉的土地，无论大小，都已经变现；愿意放款的银行，也都借到了极限。偏偏又遇上金融风暴，百业萧条，作为主要收入来源的货运行，生意更是一落千丈。

虽然因为媒体报道打开了知名度，许多企业、个人都想捐助林场，偏偏执着的赖桑深信"树，要自己种才有意义"，一律回绝。

为了挤出现金，赖桑甚至把自己的劳保年金一次领出，把准备退休用的一百多万元（新台币），全都拿来种树。"大家都选择月退，只要八年就可以回本，但他偏不这么干。"中学同学张家荣说起这事，直呼赖桑的决心不可思议，也深为他的经济状况忧心。

二〇〇八年到二〇一二年，是赖桑最低潮的时期。台明将总经理林肇睢回忆，当时赖桑看起来精神不佳，心事重重，"一副快要跑路的样子"。

做"天"的事　一定会赢

二〇一〇年，赖桑的中学同学涂荣钦刚结束大陆的事业返台，在丰原经营素食餐厅。有天，一位朋友闲聊中无意间提起："听说大铭货运有人在大雪山上种树！"说着就上网找影片播给他看。

"这不是中学坐我旁边的那个赖倍元吗？"涂荣钦又惊又喜，连忙跟朋友打听赖桑的电话，兴冲冲地拨过去。

"喂，赖倍元，你知道我是谁？"

"你是涂荣钦！"

老同学毕业后三十九年没见，赖桑竟然只凭声音，就脱口叫出涂荣钦的名字，让他吓了一大跳，隔天就把赖桑约来自己的餐厅。"我花到干了，不知道该怎么办？"席间，赖桑十分落寞地坦白。

当时赖桑惊觉，年轻时家族成员一起在货运行打拼存下的积蓄，约好要轮流用大家的名字买土地，不料日久生变，一块登记在赖桑名下的土地竟被家族占用。因为是赖桑名下最后一块在市区的土地，也是林场永续的最后一点希望，向来逆来顺受的他只好诉诸法律。

不料，原以为胜券在握的官司，一审竟然败诉。涂荣钦安慰赖桑："你的钱都奉献给天，你是做天的事，不是做赖家的事，以后一定会赢。"

二审时，赖桑的律师将赖桑历年来的植树报道，都作为呈堂证据。法官看过后，意味深长地抬头看了对方一眼："赖桑把钱都拿去种树，你把钱拿去做什么？还是和解吧！"

原以为又是一番苦战，却因为法官一句话，原本剑拔弩张的家族长辈竟释出善意，当庭和解。赖桑心中最大的一块石头，终于放下来了。

土地拿回来后，重整作为仓储出租，之后每月固定的租金收温室中的牛樟幼苗，长到一尺高左右才会移植到山坡上。

入，变成为资助林场经营下去的源头活水。

说也奇怪，赖桑曾多次遭遇财务危机，但每到紧要关头，就会突然"多"出一笔钱，不是某块家族共同持有的土地产权整合卖出，就是突然发现父母亲留下一笔遗产。一次次纾解的燃眉之急，冥冥中也应验了涂荣钦说的话："做天的事，一定会赢。"

因为这段因缘，涂荣钦成为与赖桑互动最密切的事业伙伴。

"做山，三年我都做不了，他竟然做了三十年！"涂荣钦对这位老同学满是敬佩。特别的是，加入林场之前，他做的是木材加工与进出口生意，正好与赖桑的主张相反。

"我现在是来弥补的。"涂荣钦笑着说，自己以前对种树毫无概念，但第一次上林场后，就被吸引了。不久后，他也在赖桑的林场旁买了一块地，种起树来。

因受赖桑影响，从砍树转变成种树，涂荣钦并非特例。

简单的事持续做　力量惊人

从事牛樟育苗生意的陈重生，高中毕业后就从事木材出口，跑遍北美、非洲和东南亚。"我当时的行业，是终结树的生命。"他笑着说。

二〇〇九年，他改做牛樟育苗，通过涂荣钦辗转知道了赖桑的事迹。"跑过全世界这么多国家，没听过谁种了树却不砍树！"一股好奇心驱使他决定上山一会赖桑。

上林场一看，他非常震撼："从木材商人的角度来看，满山都是一捆一捆的现金啊！"但赖桑严肃地告诉他："地球一定要有树，你以前砍了那么多树，现在要还树债！"

此后，每隔一段时间，陈重生就会找出赖桑的影音报道，重温当时的震撼。久而久之，他的心态也开始转变，更在中部山区买了五分地开始种树。甚至连先前的供货商请求帮忙卖木材，他只要打几通电话就能抽佣金，但是因为赖桑一句话，也推掉了。

"赖桑告诉我：'不要再做木材买卖。'我完全接受，因为他无私！"陈重生相信，即使没赚到木材买卖的佣金，但只要做好育苗，还是能赚到合理的利润。

比如说，去过林场、想种牛樟的经营者，都会通过赖桑介绍向他买苗。虽然是以成本价出售，但他相信，只要有够多人认同造林的理念，便能累积可观的收入。

"赖桑会'带路'，是我愿意追随的人。"陈重生自认是木材专家，但赖桑的智慧与执行力却使他格外敬佩。

以前，他一买进木材就想赶快脱手，以免放久了会朽、会裂，被买方杀价。况且，木材的水分会蒸发，进货一吨木材，三个月后卖掉只剩九百公斤，半年后卖掉只剩八百公斤。时间愈久，成本愈重，心理压力也愈大。

认识赖桑后，他开始体会种树的好。三个月大的树苗，一棵一百元；若没卖掉，六个月后树苗长大了，价格不减，反而涨到三百元。这段时间，树苗只需要空气、阳光和水，空气和阳光都免费。而且，无论是一棵树苗或一百棵树苗，一个人就能照顾。

"更重要的是，以前我在吃饭、睡觉，木材就在减轻、贬值；现在，树苗却在长大、增值。没有产业能像这样，时间愈久愈有价值，所以我现在很快乐！"从砍树到种树，对比两种生意模式，陈重生感受格外强烈。

行动胜过空谈，赖桑以数十年如一日的行动，赢了几乎没有胜算的官司，感动了最不可能种树的人。

"如果你知道要去哪，全世界都会为你让路。再苦，奥援都会进来。"赖桑老神在在（注："老神在在"在闽南语中是"从容"之意）地笑着，仿佛早就明白，简单的事持续做，终会有滴水穿石的力量。

第七章

千年投资学

山上三十年，
赖桑除了培育三十万棵顶级树，
还自创"千年投资学"。

01 赖桑的"价值投资"心法

许多人参观过赖桑的林场后，总会提出许多五花八门的投资建议，包括开民宿、游乐场、收门票等，但毫无例外，每项提案最后统统都被赖桑打回。

"我常在幻想：这片林场这么大，做民宿、做游乐区，应该会赚到吓死人吧？但是，我为什么不要赚？"赖桑自问自答，"因为我投资的是价值，不是价格。"

这是他自创的"价值投资法"。

虽然林场不对外营业，赖桑还是会用一般人熟悉的金钱做单位，说明投资树木的好处："我只是要证明自己的能力是可以赚钱的，只是我不想赚。我们都被利、权绑住了。有些人只会赚钱，但我做的面向，比他们更广！"

法则一 投资长期，不投资短期

市场传言，一棵千年神木，收购价高达两千万。平均种一年的价格是两万元，一天的价格约五十五元。

因此当大雨过后，树叶被洗得光滑闪亮如绿宝石，赖桑就会开心地念着他独到的"投资心法"："出太阳，一天赚二十五；冻露水山岚，一天三十五；下雨，一天五十！"意思是，若将种树

柏树长得慢，却能生长千万年，赖桑说这叫"投资未来"。

视为投资，出太阳，树木长得慢，一天只能赚二十五元；下雨天，树木吸饱了水，长得快又有劲，就像赚了五十元！

如果你认为报酬率不高，甚至不如卖一张门票，那你可能忽略了时间的复利效果。

刚开始种树时，许多人问赖桑："地一甲多少钱？"三十年后，问题变成"一棵树多少钱？"，没有人再关心地的价格。这意味着在时间洗礼下，没有被"获利了结"的树持续成长，价值持续累积，最后终于超过了土地的价格。

正因为时间无价，所以赖桑坚持，要种千年树种，更要投资未来。

法则二　投资成长，不投资重复

投资种树，而不投资一般事业的另一个理由是，树木会无限期向上成长，但一般的事业只是无止境的循环而已。

假设山上有两块地，一块种高级水果，一块种台湾顶级树。"如果前一块地值两千万，最后一块就值两亿。"赖桑很有把握。

两千万指的是"价格",两亿则是"价值"。

耕种作物,是每年做重复的事,水果每年种完要摘,摘完再种。但树只要种好一次,就可以抵三千年。"这种懒人的事业,才做得够大,才会永久!"这是赖桑的时间观:别人的损益表以"年"为单位,他的损益表却没有期限。

法则三 投资简单,不投资复杂

再看人力需求,一般事业与林场的经营完全不同。一甲地的果园,需要夫妇俩合力照顾,但赖桑一人,就能看守上百甲森林。因为树会长大,管理就像倒吃甘蔗,愈管愈简单,愈做愈轻松。

"假如今天工人统统跑光,也不担心树会受到危害。"他解释道:种树,只有前五年需要经常除草、浇水;长大到一个阶段,就几乎不需要管理,除草只是为了美化,三五个月不做也没关系。

相较之下,种树单纯多了。这一群不会说话的"树员工","不罢工、免劳保、免遣散费、免退休金、不啰唆、不吃饭、不用缴税、不跳楼,每天涨停板、日日有希望!"赖桑总是连珠炮似的飞快念完一连串优点,很是得意,然后再补上一句:"只不过,别人的涨停板是红的,我的却是绿的!"

反观企业,无论是科技业、制造业或服务业,都经常传出缺工警讯。就算有了机器人,也要担心能源限制。因为订单都拿了,机器买了,客人也上门了,员工要真跑了,将会影响商誉、重创营收,老板可真要睡不着了!

换成管理的语言,就是以更少的时间与成本,创造更大、更久的价值。这也是所有组织追求的目标。

法则四　投资无限大，不投资固定大

最后看成果。经营事业与种树的回报，也截然不同。

"世间的'大'有两种。一种是'固定大'，房子、车子的大都是固定的；一种是'无限大'，树就是无限大。"赖桑双手比画着。

即使同样种树，利益的对象不同，意义也有差别。

台中有位名人，喜欢搜集、赏玩树木盆景，动辄出手就是数千万。他去世后，子孙不懂盆景的价值，也没兴趣继续经营，全都贱卖掉了。

"种在盆子里的是'凡间盆景'，是满足兴趣，是小爱；种在山上的是'地球盆景'，是弥补过去、投资未来，是大爱。"赖桑看着大片森林，意味深长地说。

"弥补过去"，源自于货运行时代的体认。

那十几年间，他从自家公司和客户身上看到的，是九成企业的经营目的都是赚钱，然后开名车、买豪宅，自我享受，把利益留给自己，将污染留给地球。所以，他决定走一条不一样的路，"他们走出价格，我要走出价值。价格只有二十年，价值是永远的，是十方不败的。"

法则五　投资未来，不投资现在

只是，当名气渐渐响亮，谣言八卦也跟着出现。有人怀疑，赖桑种树的最终目的，是想炒地皮、砍树赚钱。听到这样的八卦，几位经商的友人总是哑然失笑。

"山上的土地价值很低。三十年投入二十亿，至今仍无法回收。这样的投资，怎么算都不划算。"经营物流生意的林俊佑笑着说。

"投资的目的，就是要有收成。"经营车行的林耀三认为，但是赖桑一直投资却不求回报，就像把钱丢进大海，"可见他的投资是为了给人类、给大自然、给地球。"

给大自然的投资，迄今已近新台币二十亿元。东吴大学会计系教授翁霓反问："你若有二十亿，会全部拿去种树吗？但赖桑做到了！"她指出，一般人投资只看眼前，赖桑却看到未来，"这一点，证明他才是真正'精明'的投资人"。

真正的精明，不是把钱拿去钱滚钱。"钱滚钱不会大，滚这个才会大！"赖桑指着雨后的森林笑开怀。对他而言，每天都是涨停板的一天。尽管收入无法反映在银行账户上，他仍自得其乐，且心安理得。

投资自然、投资价值，让他穷到什么都没有，却又穷得很富有。

02 带人，要先带心

"有欢喜呒？"

每天傍晚四点多，同仁陆续踏着夕阳，从森林各角落回到山屋准备收工，赖桑总会问上这一句。

"欢喜喔！"听到同仁大声应和，他就会开心地咧开嘴笑了："你们不是为我做，也不是为赖家做，是为上天做，也是为你们自己做！"他真心希望，团队里人人都跟他一样热爱森林，享受这份意义特殊的工作。

赖桑：不是员工　是同事

除了小儿子建宏加入种树行业外，林场还有两位常出现的同仁：客家籍的徐文权是东势本地人，做了二十多年，最资深；混血的吴毅健，二〇一四年才加入，赖桑指派他先跟着建宏学习。

三十岁出头的吴毅健原是西药行业务员，经由朋友介绍得知林场的工作机会，通过赖桑同学涂荣钦的"面试"后，就上山了。上工第一天的任务是背着除草机除草，从早上八点除到傍晚五点，每工作一小时，可以在树下休息十分钟。

第一天下班前，赖桑要吴毅健发表"感想"。头发、T恤赖桑经常从种树中，给儿子们做事与做人的指导。

被汗水湿透的他抹了一把脸，勉强挤出一丝笑容："哦，有锻炼到……"

"我挑人有三个条件：耐心、毅力和源源不绝的体力！"赖桑满意地点点头。

对一个三十出头的年轻人而言，跟着这样一个"异于常人"的老板工作，的确辛苦又无趣。幸好吴毅健没有"落跑"，留了下来，偶尔还会带来母亲买的猪脚与高山蔬菜，给林场大伙儿加菜。

"我爸妈说，这是一份有福报的工作，要好好做！"他笑眯眯地说。

"这些在大自然里除草、种树的师傅，气质跟一般人不一样，总是笑口常开。"赖桑的同学张家荣观察。

有一次，在林场见到一个陌生人，他随口问道："这是你请的员工吗？"赖桑立刻纠正："不是员工，是同事，是同仁。"张家荣有些讶异，不爱彰显权威的企业主相当少见。

从家族企业中练出领导力

追根究底，是家族事业的特殊环境，使赖桑同时学会了如何"当主管"与"做员工"。调度数百位司机，使他知道如何让一大群人听话服从；也因为常被兄长们侮辱消遣，所以对同仁更有同理心，说什么话会打击士气，做什么事能激励人心，都能拿捏到位。身为老幺的他因为没有权力，反而练就了比权威更有用的领导原则——带人带心。

前阵子，林场外漏水，水大量哗哗地涌进林场，冲毁了部分路基。这天一早，徐文权从山下载来两包水泥，要修补路基。

赖桑向他介绍访客，老实木讷的徐文权点头示好，对客人说了一句"赖桑真的不简单"，就转身准备去做事。

"你现在就是说话甜，有关山的事也都很会做，"赖桑随即叫住他，板着脸指导起来，"但是努力做、不会沟通，这就是山顶人个性。"徐文权有些紧张，但仍微笑看着老板。

"站在老板的立场都会要求比较多，这点你要体谅，"赖桑话锋一转，从强势转为安抚，"可你也知道，我是刀子嘴、豆腐心。有好的东西，不也都是放在这给大家用？"

最后，再果断下达行动指令："我要筹钱，又要管仓库，还要种树，但是，我最不爱烦！所以，执行的时候，你要让我爽！就算有一点委屈，睡一觉就没了！"

徐文权点点头问："那路基要做成什么样子？"

赖桑潇洒挥挥手："不用问我！你是山顶人，比我更会做！我只有'会花钱'这一项赢你啦！"一转身，指挥新来的吴毅健：

"快去把主任的功夫学起来！你们会大，我会老，这江山以后都是你们的！"

"好！"吴毅健立刻小跑到徐文权旁边，搬水泥去了。

"管理同仁，要先褒一下，再刺激，再褒一下！"赖桑呵呵地笑。社会大学毕业的他没读过MBA，却明白当主管第一堂课就是"勤于指导，敢于要求"。

私下指责　替对方留自尊

有天下午，赖桑在帮树苗除草时，发现一棵牛樟苗已经树叶枯黄，回天乏术。他心疼地捧起枝条检视，一眼就发现问题。他没有当场发作，一直忍到与建宏开车回家的路上才开口。

"今天下午新种的那片牛樟林，有一棵死了。你注意到了吗？"赖桑一边开车，一边若无其事地提起。建宏一头雾水，默不作声。

"应该是你们除草时不小心，把树跟草一起除了。担心我骂，就偷偷把树枝接回去，假装不知道。"他单刀直入。

"好，下次会小心。"老实的建宏立即认错，赖桑也点头不再追究，顺便给儿子一个教育机会，"指责别人要找机会私下讲，给他保留一点面子和自尊。"面子和自尊，正是在家族企业中长辈们不愿施舍给他的。

要求高　期待同事出人头地

由于林场同仁的社会历练有限，赖桑一个人教不来，有时也

会趁朋友上山拜访时，趁机"教育训练"。

有次，赖桑友人、导演廖志豪和林场伙伴坐在山屋前喝茶，离开时，他顺手把椅子归位。赖桑见状，立刻叫住同仁："这就对了！廖导都这样做，你们也知道该怎么做了吧？"

廖志豪推测，山上访客多，"赖桑很重视细节，借此提醒大家要各司其职，桌子该收、茶该倒、环境该整理的，都要做到位"。

"对信得过的人，我的要求会很高，因为要让他们出人头地，不能输别人！"原来赖桑的爱之深、责之切，是因为更在意同仁的学习与成长，这也是他当员工时求之不得的机会。

赖桑没有用长辈的错误来惩罚自己，而是从过去的不平等对待中，反省出正确的领导方法，并在林场的小世界中，实现他的管理乌托邦。

03 热情、认真提携后辈

许多人以为，赖桑长年在森林里种树，过着半隐居生活，个性应该不拘小节，独善其身。事实正好相反。

"他很热情，尤其愿意给晚辈机会。"经营车床生意的朋友黄武雄热情地分享亲身经历。

十多年前刚踏上社会时，黄武雄工作不稳定，只认识赖桑不到一年，赖桑却两次帮他介绍工作，还亲自带他去面试。知道他想创业做快递生意，还打算把他挖角到自己的大雅货运。只是黄武雄当时一心想创业，没有接受邀请。

因为忙于工作，黄武雄很少打电话给赖桑，反而是每隔几个月，他就会接到赖桑的电话问候。

"这是赖桑很不一样的地方。一般人没联络就算了，但他很积极。"黄武雄不好意思地说，年轻人大多汲汲营营为事业打拼，没时间抬头关心周遭的人，"赖桑很有老板的格局，会主动了解大家的状况。"因此，他会把朋友们圈在一起，资源互利共享，谁缺什么、谁能帮忙，他就会牵线。

有一次，一群访客上山，赖桑一一询问大家的工作背景，发现其中一位是做土地买卖的，便立刻回头叫另一位同样从事土地买卖的友人："喂，过来认识一下！"两人初次见面有些尴尬，他还会继续撮合："放卡开些（闽南语，放轻松）！换一下名片，以

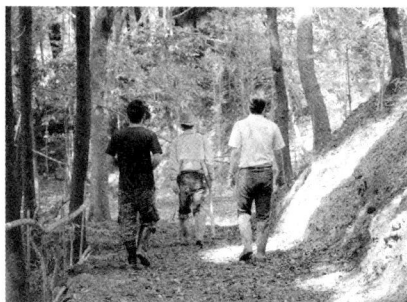

赖桑的两个儿子经常上山，跟着父亲一起学习。

后可以联络！"言谈之间，颇有大老板的架势。

赖桑的电话问候都聊些什么呢？

"赖桑是会设目标的人。"黄武雄笑着说，两人的聊天最后往往很像绩效评估，虽然严格，却也会激发许多新想法。

两年前，赖桑知道他要做车床生意，便提出一连串问题："现在员工有几人？""何时会进新机台？""今年要做到什么程度？""未来想做到什么程度？"发问的目的不是质疑，而是要借此协助对方确认目标与决心。

趁着对方思考的空当，赖桑也会描述自己的愿景："今年，我要多种一千棵树，要多修三条步道……"他不只督促晚辈，也以身作则，否则山上无历日，若无明确目标，日子一下子就混过去了。

对话过程中，黄武雄会被逼着开始盘算进度，再审慎回答。"答应赖桑要做到一个目标，自己也会有个动力，觉得一定要说到做到。"他认为，虽然有些压力，但绝对积极正向。有这样一位持续督促自己进步的长辈，是很幸运的一件事。

目标明确　执行"顶真"

久而久之，赖桑渐渐从一位和蔼的长辈，变成一位经营导师。黄武雄的妻子，也曾被他大力传授"拜访顶级客户"的技巧。

十多年前她刚走上社会时，还是个菜鸟保险业务员。有一次半开玩笑地向赖桑提起："我都不认识大老板，赖桑帮我介绍吧！"

"跟我跑一次，你就认识了！"没想到赖桑一口答应，几天后就相约某天早上九点一起出发。

黄武雄的妻子原以为赖桑只会象征性地拜访两三位。没想到他把行程一个接一个排得满满，一整天下来，两人跑遍台中县市，拜访了四五位大老板。

"他很'顶真'（闽南语，形容做事认真，一丝不苟），很坚持！一直做，好像在行军！"黄武雄的妻子回忆，"我自认是毅力很强的人，但那天早上九点出发，晚上十点多才吃晚餐，我饿得手都发抖！"这一次以后，赖桑又陆续规划几次拜访行程，比她这个当事人还认真。

"对于提携后辈，他有一种'舍我其谁'的魄力，在他手下工作，应该很不轻松。"黄武雄的妻子观察。

黄武雄夫妇不是特例，因为树的因缘，许多人都是先从林场访客变成赖桑的朋友，后来把他视为人生与事业的导师，最后成为林场的长期义工。只要赖桑一通电话，立刻义不容辞上山帮忙。

从事寿险业的郭建江是另一个例子。

他认识赖桑仅仅四年，却是赖桑最倚重的林场义工之一，只要有企业家或重量级贵宾参观，一定会见到他在一旁殷勤地为大家倒茶。这完全是无给职（注：即无薪劳动）。

人人都知道要"一日三省吾身"，却很少有人做到。在一天的招待结束后，赖桑一定会将当天帮忙招待的人留下来一起泡茶。这并非单纯的聊天或感谢，而是"检讨会议"。

"赖桑会问我：'你觉得自己今天的表现如何？'"郭建江说，赖桑此时就像一位专家经理，会直接回馈当天活动应该改进的地方。

"我是性情中人，也不会害人，所以讲话很直接，'都直接从心脏插下去'！"赖桑哈哈大笑，"这样才会进步！"

身教言教　最佳人生示范

郭建江就被赖桑的忠告"插刀"了两次。

个性开朗的郭建江，说话常常会不自觉放大音量。有一次，赖桑悄悄地提醒他："你要控制一下。说话音量适中，给人的感觉比较稳定。"他才意识到这个小毛病，连忙改过。

又有一次，赖桑看到他整天忙得团团转，忍不住提醒："待人不能分彼此，但做事要分彼此。每个人时间有限，要用在最重要的事情上。如果做事不分轻重缓急，就会浪费时间。"

原来，做业务的郭建江以为，喝酒、聊天、搏感情，就是布局业务人脉。只要有人开口，他一定出席或帮忙，反而迷失了自己的方向。

赖桑经常给年轻朋友直接而中肯的建议，大家都相当感激，点滴记在心头。

"但赖桑教我不要做滥好人，不要把时间浪费在不重要的事情上。"郭建江这才恍然大悟"好人"与"滥好人"的区别，从此改变了过去二十年的工作方式。现在，他不会再"人人好"，而会事先规划工作，先做最重要的事情。

"这些话，不只主管没跟我说过，连我爸爸都不会提醒。我没有领他薪水，他其实不必教我这么多。"郭建江十分感谢赖桑的用心，"工作二十几年，主管会要求我做业绩，但不会协助塑造我这个人，但赖桑不一样。他经常告诉我如何把自己调整得更好，就像对待自己的干部一样。"

"选择比努力重要。选对的事来做，比一辈子努力做错的事更重要。"赖桑看到，许多人没有主动选择，只是随随便便做了再说，转眼一二十年过去了，还是原地踏步，"没有目标的工作，只是在等薪水，说得更难听一点，只是等死。"

所以，赖桑不只会建议好友，也会忠告上林场的访客"要勇敢踏出舒适圈"，面对公务人员、老师更会大胆直言："人生很短，同样的工作不要做太久。"否则，自以为熟能生巧，结果却往往是"熟能生懒"、"熟能生锈"。

赖桑点点滴滴的言教与身教，激发出晚辈们突破的勇气。"我为什么不像老鹰一样，自己把喙和爪子拔掉？"当业务主管二十年的郭建江，与赖桑讨论后，决定在四十岁这一年转行做业务。"虽然很痛，但想想赖桑三十岁时做的选择，也就没什么了！"他露出憨厚的笑容。

选择比努力重要，赖桑已经用他的人生作出了示范。

04 目标导向与缜密流程规划

赖桑几乎是跨着大步往前迈进，弥补三十一岁前"荒废"的种树进度。

一百三十公顷的林场，只有一座工寮、一个温室和一座山屋。他甚至没有在山屋里给自己留一个房间，连一张小憩用的折叠床都没有，坚持每天开车往返。

"我是来工作，又不是来度假的！"赖桑振振有词。

对多数人而言，种树是一个可有可无的消遣，但对赖桑来说，这是一个有时间表的任务，终极目标是"在'回去'（指过世）之前种活五十万棵树"。

因为性子急、重细节，赖桑把别人眼中悠闲的隐居山林，过成像是"林场创业"：朝八晚五，周休一日，直到近十年，年纪渐长，才改为周休两日。三十年下来，还因此得了胃病，连最爱的老人茶都不能喝，只好改喝温润的黑豆茶。

"没办法，我转速比较快。"赖桑呵呵笑着说。

"转速快"一方面必须靠缜密的流程规划与时间控制，同时，还要能维持高品质的产出。

如何达成？原来是靠赖桑做运输时养成的习惯。

年轻时从事货运业，赖桑常常需要面对临时状况，最辛苦的是遇到下雨天。成千上万的货物原本都装在一个个大大小小的纸箱里，一发现变天，就得赶紧移车、盖帆布，相当考验调度能力。

访客上林场　也要精密规划

就拿接待访客上林场来说，也是经过精密规划的过程。

即使是认识多年的朋友和家人，也要提早一周预约。这一周内，赖桑会事先排好工作流程：安排足够的接待人员，决定要带客人走的步道，再把沿途的杂草清干净，确认靠路边的树上没有蜂窝。客人拜访前三天，他还会再三电话确认。

当天一早，所有工作人员必须八点前上山，一起清野狗排泄物、扫落叶、擦桌子、排椅子，准备把最好的呈现给客人；待访客开车进入东势后，更要沿路向赖桑通报行程进度，慎重程度有如接待高官出巡。

"喂，赖桑，我们到麦当劳了！（东势重要地标，距离林场约半小时）"

"现在到林管处了！（离林场约二十五分钟）"

"到八K了哦！（离林场约十五分钟）"

"好，我上去开门！记得，你的车要停在后面的停车场，因为等一下还有别的车要进来。"赖桑下达指令。

不是爱摆排场，而是林场幅员广大，赖桑又坚持要亲自开门迎接。掌握访客的行踪，他才能算准放下工作的时间，赶回大门口迎接贵客，并指挥停车的位置。访客离开前，他同样会指挥谁再留下喝杯茶、谁先开车离开，确保车流顺畅。

"如果没有报备或迟到，赖桑心情好，念几句就算了。心情不好，脸就板起来了！"在新社经营民宿"彩绘之丘"的周百复说。

重要的事　不计成本去做

赖桑对时间规划的重视，还可以从另一个例子看出来。

有一次，几位同仁挖土、搬杉木，三天不到，就完成一条数十米的小径。当时正好有批访客上山，赖桑特地把一行人带去走这条小路："猜猜看，这条路做了多久？三天！"

"哇！赖桑好有效率！"访客的回应让赖桑成就感十足。

不只这样，他还会开心得像个刚拿到新玩具的孩子，邀请朋友上山共赏"杰作"。

替赖桑处理林场建设事宜的谢正文记得："我去看的时候，赖桑特地强调：'我一直都有进度哦！'"他笑着说，该做的事，赖桑绝不会犹豫。为了效率，他宁可不向当局申请补助经费，全部自掏腰包修缮林场的道路。

二〇一三年冬末，中部接连几场大雨，林场附近的果园下方坍塌，冲坏了林场的一条小路。原本预计三十万可以修复，不料动工前雨势加剧，一整排路基都被冲垮了，预算顿时追加到一百多万。

同年，连续三个台风侵袭中部，另一条路被台风吹断了，因为要动用水泥预拌车，山上的工资又比平地高两到三成，预算高达几百万。

因为开支实在太大，谢正文建议申请补助。但因为山地滥垦严重，当局把关严格，从提计划、会勘、公文旅行到执行，还要生活在林场的狗儿，日子过得很自在。

花上四个月。

赖桑想了想："这是工人运树苗、割草、访客都会经过的主要道路，修好是重要的事，而重要的事就要赶快做！"他立刻指示谢正文："我们自己做，钱跟银行借！"

赖桑的同班同学涂荣钦曾帮忙修步道。他观察，赖桑是位亲力亲为的领导者，他一定卷起袖子跟同仁一起挖土、搬石头，即使下雨，也不喊停。

赖桑的好友之一刘万崇回忆，为了避免再度崩塌，赖桑决定在路基上铺石板。"一般人的石板是铺横的，大约十几厘米深；但赖桑铺直的，深入地下三十厘米。"他双手比画着两者的差异。直的，下雨不会松动，寿命更久，几百年都不会坏，只是要花更多钱。

这天，怪手与打桩机上山施工。"轰！""轰！""轰！"规律的撞击声在山谷间回荡，划破安静的森林。

打一根钢桩一万元，而这一条路得打下二十几根钢桩，总工程款要新台币八百万元。

赖桑刻意瞒着没让妻子知道，小儿子赖建宏却不小心说漏

193

嘴，妻子赖易宝当场就急得哭出来。赖桑却铁了心，一句"这是千秋万世的事业！"，赖家就没人敢说第二句话，立刻思考该从哪儿筹钱来填补缺口。

每个人都知道，父亲决定要做的事，没有人能够改变。你可以说赖桑霸道，但若非凭着六亲不认的执行纪律，又岂能完成这现代"愚公移山"般的神话？

二〇一四年九、十月间，工程行的何老板正在帮林场修另一条路。这天，他和赖桑坐在山屋前的肖楠桌边讨论设计，赖桑抓着一支笔，路该弯几道、停车场要放在哪、能停几辆车、出口方向都想得一清二楚，画在纸上讲解给他看。

"他对工程设计有很多想法，又问得很细，很坚持。"温和的何老板笑着说。

"赖桑的人生哲学就是八个字：'人无远虑，必有近忧。'不做则已，一做就要做到好！"导演廖志豪观察，虽然赖桑无法用精准的语言表达这个信念，但他的每个动作都在阐述这个道理。

原来，种树虽然是动手的工作，但赖桑的脑袋从没闲着。他不断反复思考、计划、模拟演练林场里的每一件事，这区该种哪种树，哪里该开一条路，想好后就立刻行动。"用心，种树种到一半，灵感就会过来了！"

三十年前，在新社经营民宿的周百复几乎跟赖桑同一时间买下了四甲土地经营民宿，现在也是当地知名民宿之一。但当他看到林场今日的规模，仍忍不住感叹："为什么有人这么年轻就这么有想法？为什么我就没发挥这么大的效益？"

他反省，同样是种肖楠和樟树，自己只是想退休后度假欣赏，并没有像赖桑如此按部就班地耕种、开垦，"种树辛苦之处是要每天照顾。我就是不够用心，以为树会自己长大，结果存活率只有三成"。最后的成果，自然截然不同。

就像那首著名英诗《未择之路》（"The Road Not Taken"）的描述，赖桑选择了一条人烟罕至的路，从此便决定了人生的殊途。

.

第八章

开启美好的传承

赖桑的千年之约,
终于不再是幻想。
当家人逐渐了解后,自动成为后盾,
也将对于种树的信仰,
传承给下一代。

01 树，把全家人牵在一起

赖桑曾说："以后来这片林场工作的人，至少要上过十年的《广论》！"

什么是《广论》？为什么赖桑给它这么高的评价？

《广论》的全名为《菩提道次第广论》，是藏传佛教的重要经典。"菩提"指的是开悟成佛，"道"为方法，"次第"是一步一步、按部就班达成开悟的过程，"广论"则是详细的讨论。

《菩提道次第广论》是日常法师创办的佛教团体"福智"的研读经典。福智除了设有"广论研讨班"，还有另一个分支机构"慈心有机农业发展基金会"。这个基金会的重要活动是推动"种树护地球"。从二〇一〇年至今，已在全台各地种下十三万棵树。

为了学习如何种树，四年多前，慈心有机农业发展基金会科长杨丽兰到处寻找观摩对象，恰巧杂志报道了赖桑的故事。一位在东势开设农机行的学员看到，立刻指着杂志叫道："我知道这个'赖桑'！他二十多年来都叫人来我这里买刀片、除草机。可是，从没见过他本人！"

杨丽兰便凭着仅有的线索，开始超级寻人任务。一开始还找错人，误以为另一位也在东势种树的和准工业董事长赖水和，就是传说中的"赖桑"。辗转打听数回后，才找到本尊。

同样修习《广论》课的台中农工老师蔡耀中回忆，第一次上山，赖桑面对一群陌生人，没有讨好，而是不假辞色地问道：
"你们哪儿来的？"

"师父派我们来的。"蔡耀中笑眯眯地说。

"师父是谁？"

"日常法师。"

"为什么我没听过？你们到底要来干吗？"

"要来跟你学习种树。"

"如果只是来看看，下次就不用来啦！"赖桑话说得直接。对
于不熟悉的人，他习惯保持距离，保护自己。

自信回应外界的好奇

当时，为了控制参访品质，赖桑只允许一次五到十位访客
上山。

"这样是要带到什么时候呢？"杨丽兰为了让六万名成员都能
亲眼见到种树的好处，一边说服赖桑，一边教育访客，上山前就
不断提醒："要先看赖桑的影片，才不会傻傻白跑一趟。""赖桑
会问参访心得，要准备好喔。"还带自己种植的有机蔬菜及关系
企业"里仁"的产品，上山煮给林场工作人员吃。

一切用心，只为了让赖桑明白福智的成员素质整齐。多与外
界接触，其实，是一桩好事。

个性慢熟　不轻易信任人

由于蔡耀中学农，能搭上种树的话题，杨丽兰也相当尊重赖

桑的要求，几次拜访，建立信任感后，赖桑也渐渐愿意开放数十人的团体上山参观了。他们这才明白，他一开始的防卫，只是出于紧张与严谨，熟悉之后就会发现，赖桑其实是个单纯的人。

"谢谢你们来，我已经十几年没看到爸爸这么开心地笑过了！"大儿子赖建忠告诉蔡耀中。

"赖桑不轻易信任人。一旦他开始信任，就会主动找你。"杨丽兰笑着说，几次交流后，三不五时，赖桑就会主动询问："何时要上林场？""何时再煮好吃的有机餐给我吃？"她认为，福智团体打开了赖桑对团体参访的接受度，引导他走出封闭的小世界，更自信地回应外界对他的好奇。

因为这个机缘，二〇一一年，赖桑的大媳妇易金美开始上福智团体的《广论》课。隔年，大儿子赖建忠加入。二〇一三年，妻子赖易宝加入。二〇一四年，小儿子赖建宏也去了。家里独独赖桑没有去上课。杨丽兰观察，赖桑并非完全不感兴趣，而是自主性很强，宁可下课后才到教室闲逛，主动找有兴趣的人聊天。

开启家人凝聚的契机

《广论》课让一家人更肯定赖桑三十年"坚持做对的事"的身教，并学到方法与智慧，互相了解、彼此接纳，意外获得了重新团圆的契机。

了解赖桑种树的来龙去脉，及赖家每个人心里的伤痕后，杨丽兰经常提醒赖桑："你太太很辛苦，有没有谢谢她？"

她观察，赖易宝经常提起赖桑的执着带给家人极大的压力，她虽然不了解种树的意义，但也为了家庭硬撑下来。

赖建宏（左）正把树苗交给哥哥赖建忠，兄弟齐心协助父亲。

即便如此，她却从未得到任何肯定。

赖桑是传统台湾男性，不会说好听的话，甚至不曾对妻子说过"我爱你"。他总是用一句"做大事的人，不能被儿女私情困住"，就霸道地打发了另一半对安定与享受的需要。赖易宝的痛苦与委屈，可想而知。

但上了《广论》后，由于团体成员均十分敬重赖桑，让赖易宝逐渐从外界回馈中了解、肯定丈夫所作所为的价值；也因为学到广论的核心概念"观功念恩"，开始转念，提醒自己要多看丈夫好的一面。

"以前对种树没感觉，只会想'赖桑不知道在想什么，钱一直丢！'"现在的她认为，因为赖桑种树所积累的福分，两个孩子才能够在狂飙的叛逆期之后，安然无恙回归家庭。"树，把我们一家人又牵在一起了。只要一家人大小平安，对社会有贡献就好。"

二〇一三年，从来不曾公开演讲的赖易宝，第一次在福智团体的两千多位学员面前，分享对赖桑种树的感受。开车来接她下课的赖桑，正巧从现场转播画面中看到了这一幕。

当听见妻子说出"我会继续支持赖桑种树，在我有生之年，继续做他的幕后推手"时，向来予人铁汉印象的赖桑，竟然流下了眼泪。

虽然，赖桑还是学不会当面对妻子说体己话，但他开始对其他学员感谢妻子的付出，再通过第三人"传话"给妻子。这一点进步，已经足够让赖易宝开心好几天。

赖桑的大媳妇易金美观察到，过去，婆婆总是紧蹙眉头，苦着一张脸，但这两年逐渐有了笑容，脸部线条也圆润起来。心花盛开，面相也跟着改变了。

通过《广论》 认同种树的价值

那么，为什么赖桑希望日后林场的工作者，甚至赖家的子子孙孙，也都能读《广论》?

东吴大学教授翁霓也上了近十年的《广论》课。她认为，赖桑"守戒持以求长远"、牺牲个人享受换森林永续的坚持，与《广论》中强调无限生命轮回，人生应重"精神"胜过"物质"的主张，不谋而合。

她举例，修行过程中，凡夫俗子需要改变许多想法与行为，才能修得正果。其中之一，就是衡量"好处"的方式。她举例，有些事眼下看起来很苦，实则有益;有些事眼下看来有益，实则有害。然而，一般人往往分不清两者的差别。

就拿赖桑不喝可乐一事来说，一般人会想:"又不是付不起钱，为什么不能喝?"所以不会自我约束。但在成佛过程中，有许多类似"喝可乐"的小好处，如果心中没有信念，很容易就会尝到小甜头便停下来，得少为足，而忘了终极目标——离苦得乐。

"上《广论》后，做每件事前都会思考：为什么要做这件事？做了之后结果是什么？"翁霓解释，合抱之木生于毫末，若口腹之欲都无法自律，又如何能坚持一桩三十年才能看见成果的伟业？

可以说，赖桑是通过《广论》，更有方法、有效地让同事、家人认同植树的价值。

02 孩子回家接续父业

　　四分五裂的赖家，直到赖家兄弟俩长大成年，才出现了转机。退伍那年，赖建忠二十一岁。难得聚在一起的一家人，终于聚餐。那天，赖建忠坐在赖桑旁边，一转头，赫然发现当时四十七岁的父亲鬓角上多出了几根白头发。

　　"那一瞬间，我感受到爸爸老了……那接下来呢？"天不怕地不怕的赖建忠，突然感到一阵寒战沿着背脊而上。

　　这是赖建忠人生的转折点。"我是不是该认真了解一下，这几十年来，爸爸到底在山上做什么？"他问自己。

　　早从上山种树的第一年起，赖桑就常在亲友面前发狂语，说一些像是"种树是千秋万世的事业"、"未来一定会冠盖云集"之类的话。

　　当时仅五六岁的赖建忠，总是怯生生地观察别人的表情。大人们疏于提防他这个孩子，等赖桑一离开，立刻大剌剌地在背后讪笑，更使他不知所措。"当时，所有人都觉得他是神经病，在瞎扯。"赖建忠说。

　　家族聚餐几天后，赖建忠就跟着父亲上山了。刚开始，他只是到处闲晃，或是望着树木发呆，觉得森林宁静祥和，但同时脑中又不断冒出"树怎么种？"以及"未来怎么办？"之类的疑问。

　　"愈看，美就愈深入心里。"森林仿佛有股神秘的力量，不断

茂盛的咖啡树足足有两米以上，长得比赖建忠还高。

地朝这个犹豫的年轻人招手。渐渐地，赖建忠想上林场的次数愈来愈多；渐渐地，他惊讶地发现，父亲十多年前描绘的那些画面，竟然都一幅幅成真了！

次子上山　学习培育牛樟苗

几年后，弟弟建宏也退伍了，留在货运行帮妈妈的忙，但他遇到了跟父亲年轻时一模一样的遭遇：那些三四十岁的司机，没人想听这个二十多岁毛头小子的话。

赖建宏因此郁郁寡欢。有一次，他一个人在阳台徘徊，作势要往下跳，紧急被送上救护车，住了一周的医院后，才稍稍好转。赖桑当机立断，决定把这个儿子带上山，留在身边帮忙种树。

从那时候起，赖建宏便天天跟着父亲上山，至今已八年。他的个性安静内向，和口才便给的哥哥截然不同。唯一能让他滔滔不绝的话题，只有树。他最爱的树种是牛樟："它有牛樟芝，是可以救人的树。"

二〇一一年底，他在父亲种下的第一棵牛樟树旁，搭建了一座温室，计划自己育牛樟苗。牛樟种子十分珍贵，一是因为容易被鸟吃掉，即使用纸套起来，还是会被飞鼠和鸟咬破；二是因为发芽率低。赖建宏花了六万元去相关机构上课，学得了一套育苗法，再加上自行改良，终于孕育出两千多棵实生牛樟苗。

终于，两个曾经叛逆的小子都加入了父亲种树的行列，这样的结果正是赖桑最期待看到的："别人的儿子，求他回来种果树都不愿意。我完全没开口，我儿子就主动要回来种树。种树，可以一代一代传！"他呵呵笑了。

尽管还是只能看见父亲的背影，但那背影已经不再冷漠、疏离，而是温暖而强大，给人力量，"让我想尽全力跟着一起做"。赖建忠说，从怨怒到向往，父亲从来都没改变，改变的只有他为人子的心境，"我曾经恨他，现在却愿意理解他。最大的改变在于，我不再当他是敌人了"。

加入父亲的种树事业后，赖建忠愈来愈明白，万贯家财总有用尽的一刻。父亲用上半生打拼出的资产画出了"种树爱地球"的上半圆，而完成下半圆的重责大任，就待他一肩扛起。

为了能永续种树，必须持续有经济支持。他想过几种生意：种高丽菜、种山苏、种中药，难免都与父亲种树、重视生态的理念违背。最后，他决定在树荫下种咖啡。尤其是阿拉比卡咖啡，天性耐阴，正适合种在树下。而且咖啡树是灌木，也算是树，"万一种不起来，至少对环境不会有破坏"。

赖建忠种咖啡也坚守赖桑种树的原则，不施肥，不洒农药，连有机肥也不用，就让森林里天然的落叶枯草堆成的腐殖质滋养咖啡。

早在十九世纪末荷兰统治时期，台湾就有种植咖啡的记录，还因品质良好，全数外销。日据时代，在政策鼓励下，农民更在台湾各地大量种植咖啡，直到二次世界大战末期才逐渐没落。

公元二○○○年前后，云林古坑、台南东山等地的山上，纷纷传出农民种出高质量的咖啡，"台湾咖啡"的名号再度被记起。

赖建忠也决定乘着这波趋势，闯出一番咖啡事业。

长子成立云道咖啡

他先在一株株数十米的肖楠、桧木与牛樟等大树旁，种下一棵棵十英寸的咖啡苗。等待咖啡长成、结果，至少需要三至五年。赖建忠抓紧这五年空当，到处去各大连锁咖啡馆打工，充实咖啡知识与冲泡技巧。

高中混撞球间时期，赖建忠赢来不少零用钱，随身带着四五万元现钞，连皮夹都不用，直接大把大把塞裤口袋，把前后四个口袋都胀得鼓鼓的。赌博时，随时都能霸气地抽出一沓甩在赌桌上。但这个曾经浪荡的年轻人，为了父亲与自己的理想，决心从端盘子、擦桌子、领一小时数十元的时薪开始，从头学习经营公司必要的能力。

五年多后，二○○五年，赖建忠如愿在网络上成立了咖啡豆销售平台，名字就叫"云道咖啡"。灵感，正来自父亲林场里千变万化的云雾山岚。

决定要创业时，赖建忠苦思公司的商标图案，试过一座山、一棵树、一颗地球，总还是觉得不对味，似乎少了什么。

有一天，他突然闪过一个灵感，抓起相机就上林场，在一阵成熟的咖啡果，仿佛一颗颗鲜艳欲滴的樱桃。

细雨蒙蒙中，拍下五百多张各式各样父亲的背影。最后，他挑出一张扛着锄头的背影，请设计师用深绿色线条与色块描绘出来。一个戴着牛仔帽，穿着补丁裤、雨鞋，肩上还扛把锄头的赖桑背影，跃然纸上。

"对了，就这个感觉！"云道咖啡的商标终于拍板定案。

云道咖啡标榜每一棵咖啡树都种在台湾顶级树下，通过地下根系的养分交换，咖啡豆除了有咖啡香，还能有树木特有的味道。至今已经种出牛樟咖啡、肖楠咖啡、雪松咖啡、樱花咖啡、桧木咖啡等特色咖啡豆。

等咖啡豆终于收成可以销售时，赖建忠却又碰到了难题：由于价格太贵，咖啡豆根本乏人问津。好不容易终于成交第一笔订单半磅两千元的雪松咖啡豆，又隔了好几个月，才有第二位顾客上门。有人建议把咖啡豆拿到别的咖啡馆寄卖，但是客人仍无法接受这样的价格。

这并非刻意哄抬，而是云道咖啡的种植成本原本就高得令人咋舌。台湾咖啡大师、《咖啡学》作者韩怀宗说，一般只需要四五百元，就能买到一磅顶级的境外进口咖啡豆。

云道的咖啡树分散在山坡上，即使是一小把咖啡果也采收不易。

　　例如在集约栽种地巴西，一公顷土地可以采收上千公斤的咖啡豆；一个工人一天采收工资只要美元一块钱，便能采收六十公斤。反观台湾地区，一公顷土地只能收成三四百公斤，产量少、土地贵、工资高，单价自然比境外昂贵许多。

　　而赖桑林场的咖啡豆采用自然农法，没有肥料催化，产量更稀少。林场从海拔一千二百米到一千五百米不等，高度落差大，咖啡不会一起成熟，而是依高度分批成熟：先开出一丛丛白色如小星星、有淡淡茉莉味的花，接着再结出青果。

　　等到冬春交会之际，生长在林间空隙的咖啡树，枝条就会如喷泉般向外伸展，不过喷出的不是水，而是一粒粒仿佛红宝石般的红色咖啡果。

　　美则美矣，由于咖啡树不是种在平地，而是分散在林场的陡坡上，更增添了采收困难。赖桑友人刘万崇曾受邀上林场采咖啡豆。七个人花了四个小时，却只采收到一公斤豆子。

　　采收只是第一步。接下来还要经过水洗、干燥、脱壳、烘焙、包装等一道道工序，才能成为一颗颗香味浓厚的深褐色咖啡豆。

齐心经营　支持赖桑的种树梦

开始卖咖啡豆时，赖建忠刚与妻子易金美结婚。巧合的是，妻子跟赖建忠的妈妈一样姓名里有"易"，从此他们常自嘲，虽然种树很花钱，但是幸好"我们家里有两易（亿）"。

婚前的易金美是父兄的掌上明珠，但独立而能干，二十五岁不到，就在台中开了三家精品店，旗下有十名员工。婚前，她信誓旦旦地告诉赖建忠："我绝对不进种树行业。"结婚第一年，丈夫提了二十几次，希望她上林场，都被她拒绝，甚至撂下狠话："再逼我，就离婚。"

尽管如此，易金美仍是孝顺而尽责的媳妇。纤瘦的她留着一头长发，外表给人的印象柔弱，内心却很坚毅，"别人愈说我做不到，我愈要做给人家看。我不喜欢欠人家"。她从原本不用做家事、不必煮饭，到一年内练到能煮出一桌饭菜，让两位老人家频频添饭，使她相当有成就感。

婆媳相惜　视如己出

而赖家二老也将这位乖巧媳妇视如己出。易金美怀孕期间，收了晾干的衣服，赖桑会主动拿到楼上房间，以免她爬上爬下。想吃什么，婆婆赖易宝会专程开车出门买给她吃。易金美坐月子时伤口撕裂，也是婆婆扛着她下楼梯。婆媳两人感情好到如同母女，金美也敬她如亲生。"以前我当媳妇时没有被好好照顾，现在更要好好照顾我媳妇。"赖易宝说。

亲眼见到公公不为己享受的无私，及婆婆无可救药的善良，易金美渐渐被感动了。

　　有次，她在一场聚会上遇到一位素昧平生的心理学教授。对方告诉她："你很特别，是菩萨的左右手。"听到这句话，易金美猛地震了一下："菩萨？公公在做的事，不是跟菩萨差不多吗？"

　　几天后，赖建忠再度提起上林场采收咖啡豆的事，易金美一口答应，态度一百八十度大转变，把丈夫吓了一大跳。这段奇遇之后，夫妻俩便齐心投入咖啡业，支持赖桑的种树梦。

　　"许多家庭娶媳妇后都陷入分裂，但金美是我们家的润滑剂和黏着剂。"赖建忠笑着说。

　　在苦撑五年之后，云道咖啡逐渐培养了一群粉丝，网络订单也稳定下来。经营上了轨道后，一心想跨大步赶进度协助父亲的赖建忠，再度提出一个更大的计划——开实体店面。

03 绿循环的起点：云道咖啡馆

二〇〇一年，赖建忠开始种咖啡，二〇〇五年，建立网络销售平台，但这样还不够。拥有一个实体的销售店面，可以跟消费者面对面沟通，也是建忠的梦想。

"走到实体是为了推广。"他说，只靠网络销售或脸书粉丝团，还是有一层隔阂，少了点人与人交流的温暖，"开实体店可以凝聚一股力量，就像组织一支军队，一支不为自己利益的军队，力量会更强！"

终于，二〇一二年二月二十八日，一个阴冷的冬天早晨，台中大墩十九街街角的一个三角窗店面，亮起一排温暖的晕黄色灯光。

云道咖啡开幕了。

石块砌成的矮墙、木质的门窗，大大的绿色招牌上，右边是一棵树，左边是赖桑扛锄头背影的商标，中间"云道"二字下面，还有一排小字：Coffee for Tree，点明这家店的主张："你喝咖啡，我种树。"咖啡是为了赚取利润，让种树事业可以永续。

可以说，云道咖啡是将公益置于获利之前的社会企业，咖啡馆里鼻子闻的、眼睛看的、口里吃的，全都与赖桑及树木相关。

云道咖啡店有许多自然风的小巧思，鸟巢灯就是一例。

"尊重"地使用废弃木材

推开玻璃门，迎面而来的不是浓郁扑鼻的咖啡香或餐点香，而是淡淡的木头味。环顾四周，从墙面、桌椅、吧台，到天花板装饰，触目所及尽是深深浅浅的褐色；靠近深吸一口气，隐约还能闻到不同的木头香气。

赖建忠解释，咖啡厅最重要的设定，就是用五感来传递森林的讯息："先闻到森林的味道，看到木头色的氛围，听到鸟叫的声音，吃到森林的味道，最后心灵感受到森林的重要。"

然而，用木头装潢店面，难道与种树理念不相违背吗？赖建忠坦承，一开始，他决定一块木头都不用，后来却决定全部都要用木头。心情转折在于，用替代建材如美耐板，虽然便宜，但制造过程中会释放毒素，但只要用废弃的木头下脚料或是种植林的材料，就符合环保。

比如说，墙上肉桂枝做成的时钟，是赖桑修下的枝条；桌椅的木头原料，则是加拿大进口、计划造林的板料；墙板是加拿大进口造林木，更是白杨木碎屑重新压合的产品；吧台天花板上一圈长短、角度不一的木条装饰，则是装潢后无用的下脚料，通过设计师的巧思，将厨房围绕得仿佛一个巨型鸟巢。

"最后，我决定尊重——虽然不得已用了木头，但只要尊重地使用它，木头都能找到适合的位置继续用。"他说。

特别的是，协助设计的洛可士室内设计的黄炫堡，原本也是云道咖啡的熟客。因为深深被赖桑感动，自觉过去用了太多木头，而主动愿意帮忙。

再往里走，穿过走道，咖啡馆的男主角出现了——墙上一帧帧黑白照片，见证了赖桑与林场三十年来的转变。最早的一张照片已经泛黄，画面中头发浓密漆黑、脸颊圆润的赖桑，穿着衬衫西裤站在一片黄土坡上。从打扮上来推测，极可能是上山前两年的照片。

再看近期的照片。赖桑已经改戴牛仔帽，穿招牌补丁裤。长时间的体力劳动使他更精瘦，岁月与阳光在脸上留下的线条也明显，一痕一痕都深刻得仿佛刀刻。

而另外两张二○一一年与一九八五年的对照图，更是惊人。

一九八五年这张，画面是一片黄褐色，稀稀疏疏的树苗不到半人高，一根根银色钲管与水管爬满土坡。再转到二○一一年这张，画面已经是一片翠绿，一棵棵枝叶茂密的树木连成一片，跌宕起伏。这两张照片的对比更能凸显赖桑在二十六年间，以一人之力，将荒漠变成森林的惊人毅力。

老爸种乔木　儿子种灌木

从网络跨入实体，乍看只是拥有店面与否的差别。事实上，

214

云道咖啡是台湾少见整合生产、销售到实体店面的品牌。

从卖咖啡豆到卖咖啡，在人力、资金、产品开发上的投入，都远超过赖建忠的想象，"简直是蜡烛十头烧"！

一开始，母亲赖易宝与妻子易金美都不赞成开咖啡馆，一方面担心亏损，造成更大财务压力，另一方面也怕赖建忠太辛苦。建忠却铁了心，即使不赚钱，也要通过实体店面把种树理念宣传出去。

咖啡馆开幕半年内，店面的顾客群尚未养成，营业额有限，原本稳定的网络商店营业额却下滑了一半，因为顾客都跑来实体店面买咖啡豆，顺便见赖建忠本尊。

幸好，在妻子协助之下，解决了人员流动、客服与供货商的问题，赖建忠也得以专注研发各种特色咖啡，快速拉升实体店面的营业额，半年后，网络和实体的营收就都回稳了。

熟稔台湾咖啡生态的咖啡达人韩怀宗说，绝大多数台湾咖啡农只负责生产，云道是唯一从生产、处理到零售店面，供应链一条鞭整合的品牌，正是日本倡导的"六级产业"（一级生产＋二级制造＋三级销售服务）。加上赖桑的种树理念加持，便有了令人印象深刻的品牌故事。

"老爸种乔木，儿子种灌木，儿子在老爸余荫下，生生不息循环。父子同心，很有味道！"韩怀宗肯定这种做法。

事实上，赖桑的种树理念虽是云道咖啡的行销助力，却也是限制。全世界好喝的咖啡很多，但将收入用来种树的，云道咖啡可能是绝无仅有，若咖啡馆行销操作失当，不小心跨过了商业与公益的界线，便可能引来反感。

由于林场不对外开放，便有人怀疑云道的咖啡豆不是自己种，而是买来的；也有人不明就里地批评，种树只是咖啡的行销手法；还有人来咖啡馆当面质疑："树自己长就好，为什么要种？这是'伪自然'！"

赖建忠无奈笑道，树的确会自己生长，"只是树木减少的速度远超过增加的速度，我们没时间等待"。他话锋一转："可是，只要多种一棵树，这块土地上就确确实实多了一棵树。"

至于"靠森林卖咖啡"的质疑，更是无稽之谈。"卖咖啡赚的钱，根本补不了种树的钱。"赖建忠苦笑，从卖咖啡豆第一天起，他就决定将百分之九十五的利润回归山林，但赖桑种树一年花好几千万，卖咖啡的利润根本是杯水车薪。

有一次，赖建忠问父亲："云道只能卖自己的咖啡吗？云道只能是台湾咖啡吗？"

赖桑不假思索："大爱不分国界。"说完，便转头上楼休息去了。

那一刻，乌云顿时散去。赖建忠明白，未来，云道将朝着提供多元世界精品咖啡的方向努力。他甚至计划到印尼、巴拿马、哥伦比亚等地建立"森林咖啡庄园"，种下更多的树。

"这是一个危险的平衡。我想了很久，既然是助力，就要接受限制。"赖建忠眼神坚定。他要证明，云道咖啡不只能让更多人认同种树，也能靠自创的"森林味餐饮"，走出独一无二的品牌路。

04 分享森林的味道

翻阅云道咖啡馆的菜单，仿佛欣赏一本以"森林"为题的画册。

菜单是木纹衬底，封面印着一个大大的、绿色的赖桑的背影商标。第一页开宗明义地写着赖桑种树的故事，并点出"绿循环"的经营理念：

> 有一天赖桑会离开我们……不过种树这件事，不该停，也不能停。
>
> 云道团队期望建立一个'绿循环'模式，运用森林源源不绝的绿资源，创造获利，而后回归大自然。
>
> 而赖桑留下的"森林梦"，将通过绿循环模式以及森林基金会的运行，在你我都离开这个世界后，使森林能够继续"自己种树、自己买地"。

封底，则是由十二棵树围绕而成的"绿循环"图，及赖桑拿锄头开垦、种苗的背影图案，文案写着："赖桑种树三不政策：不砍伐、不买卖、不传子。"消除顾客对种树的疑虑。

由于赖建忠无法时时刻刻在第一线服务，菜单的角色便不只是餐点目录，更是与顾客沟通理念的平台。

云道咖啡馆的家具及装潢，都是用计划造林及下脚料木材，将对环境的破坏降到最低。

菜单继续往下翻，意外发现，云道咖啡没有其他咖啡馆必备的口味如"焦糖玛奇朵"、"摩卡"，却有许多看到名字就迫不及待想尝鲜的特殊口味，如"大地"、"秋意"、"秘拿铁"、"桂花拿铁"、"肉桂拿铁"等。

"我想的不是做什么咖啡，而是怎么分享森林的味道。"赖建忠说，为了让食物能传递森林的意象与味道，他研发出各种以树叶入味的创新饮料与餐点：先在脑中画出不同季节的森林景象，如春天的翠绿、秋天的橙黄色，画面出来后，再结合味道。

研发产品那段时间，赖建忠经常在林场到处走动，只要看到可以入菜的植物，就拔起来闻一闻，或放入口中嚼一嚼，看味道是否清香，会不会太过浓重刺激。"我是'现代神农'！"这个过程，使赖建忠意外发现自己的餐饮天分。想做出某个口味，只要在脑中反复多想几次后再动手做，修正个三四次，成品的味道就八九不离十了。其中唯一使他吃足苦头的，是一杯名为"大地"的冰咖啡。

咖啡与森林的完美结合

"大地"的底层是深褐色的咖啡，上层叠着翠绿色的五叶松汁。鲜明的对比使人想起春雨过后，被雨水沁湿的松树干与悬着雨珠的点点松针。

为了做出颜色层次，并去除草味，赖建忠算一算，至少喝掉、倒掉了上千杯。"喝到想吐，晚上还睡不着！"但推出后，客人的反应却十分热烈："有种在森林的草地上翻滚的感觉！"

同样使用五叶松，还可以做出口感截然不同的另一款饮料——秘拿铁。将洗净、切断的五叶松针，与咖啡粉一同放入冲煮把手，用填压器用力压紧后一起冲泡，再加入蜂蜜与奶泡，就是一杯清爽顺口的拿铁。

而同样用树叶入味，将松针换成土肉桂叶，却会得到截然不同的口感。

生嚼土肉桂叶，第一口会感受到扑鼻的辛辣，接着，口腔会逐渐充满叶片释放出的黏液。利用这种特性，将四片肉桂叶撕碎后放入杯中，冲入咖啡与奶泡，咖啡的口感就会变得十分浓稠而绵密。特别的是，这杯肉桂拿铁的搅拌棒不是汤匙，而是一根细细的肉桂枝，正是摘下树叶后的枝条废物利用。

咖啡馆刚开幕时，有位五十来岁的中年男子点了杯肉桂咖啡，喝着喝着，竟然啜泣了起来。原来，肉桂枝使他想起小时候，杂货店会把肉桂枝一束束绑起来卖，在那个物资缺乏的年代，只要用臼齿轻轻地咀嚼，就能尝到甘甘甜甜的味道，这就是最便宜的零嘴。这杯咖啡，使他想起了单纯而快乐的童年。

以修枝剩下的肖楠枝为柄的咖啡杯，是云道的明星商品。

之外，有消毒作用的牛樟叶可用来冲泡"森茶"；能补气的五叶松叶能做成"绿饼"；把晒干的桂花洒在奶泡上，便是一杯清香的桂花拿铁。

为了提供更多餐点，近几年，林场也开始种植桂花与红玉红茶，同样是无农药，无肥料栽培，但每一株都长得比人还高。

二〇一三年加入咖啡馆的店长林圣婷，也自行研发了咖啡枫糖、咖啡桂花及肉桂三款森林味道的饼干。

她先用果汁机将肉桂叶打碎加入面团，却因为叶子的水分太多，无法成型。后来混入蛋液后再加面粉，才烤出口感爽脆、甜中带辛味的青绿色肉桂薄饼。

最难做的是桂花饼干。她没料到，高温烘烤过的桂花，不但会失去原木的香气，还会发出特殊的辛辣味。后来加入咖啡面团，再分成高低温两次烘烤，才研发出苦甜调和的双色咖啡桂花饼干，味道神似桂花拿铁。

充满森林味的创意餐点，不胜枚举。每隔几天，赖建忠就会上林场把父亲刚从树上修下的肉桂叶、牛樟叶、五叶松枝等"食材"，一袋袋拖回咖啡馆。一片一片摘下、洗净后，装在保鲜盒中冷藏，料理时直接取用，林场便成了取之不尽、用之不竭的"大自然超市"。

许多客人来过云道后才惊觉，原来，健康食材俯拾即是，回去后便开始种桂花、肉桂、五叶松，咖啡馆也达成了鼓励种树的使命。

食材精挑细选　不怕仿冒

原本，云道咖啡只提供饮料与轻食，半年后才在客人频频要求下开始考虑供餐。

对专业在咖啡、重视品质的赖建忠而言，供餐是有风险的。犹豫的他，最后决定向父亲求助。赖桑鼓励尝试，唯一的条件是只能卖素食："'云道'二字带有使命，不是一般咖啡厅。"

尽管赖家不吃素，但建忠认为父亲说得有道理："一个鼓励种树的咖啡馆，却卖牛排、炸鸡，增加碳排放量，不是自相矛盾吗？"

但是论料理难度，素食比荤食难上许多。赖建忠说，肉有香味，也有半成品料理包，即使是外行人料理荤食，怎么做，也不会跟专业餐厅差太多。但素食料理就不同了，要做得好吃，得扎扎实实靠食材搭配。

拿意大利面来说，"红酱"一定要用牛番茄熬煮，才会鲜甜；不讲究的餐厅会便宜行事，用圣女小番茄替代，味道就会过酸。而名为"黄山"的白酱焗烤饭，也是咖啡馆的招牌，虽是浓郁的焗烤，因为使用了进口的奶酪，入口即化，清爽不腻。

"不要用使肠胃有负担的食材。能用天然、有机的，就尽量用。"赖建忠说，举凡米、胡萝卜、高丽菜、酱油，都是直接跟有机店家进货，"成本很高，但真的更好吃，也更健康。"

怎么找出适当的食材组合？赖建忠笑说，秘诀无他，就是一直试、一直试："用赖桑种森林大军的精神来做事，有什么做不出来？"

刚研发出菜单时，一度发现有其他咖啡馆仿冒，但赖桑很豁达："尽量仿冒！好的事、对的事、有意义的事，愈多人做愈好！"赖建忠也就释然了。

云道咖啡开始供餐后，还引来一群意料之外的客人。首先是小学生。许多老师把赖桑种树的故事当成教材，有些孩子便指名要来云道咖啡，还告诉父母亲："我们来种树！"一位妈妈说，自己的孩子不爱吃蔬菜，却特别爱吃这里的素食餐。

咖啡馆成赖桑粉丝追星胜地

许多有心支持种树的顾客，更让赖建忠深深感动。有一位小学生听老师说了赖桑的故事，决定要支持种树，花了三个月才存够零钱，然后请妈妈帮忙打电话，指名要买一包一千二百八十元的耳挂式樱花咖啡。

另一次，一位年约五十岁的妇人走进咖啡馆，在咖啡豆柜前观望思索半小时后，终于拿了一包一磅五千元的牛樟咖啡走向柜台结账，然后满脸笑容地离开了。事后，赖建忠才得知她的月收入仅仅一万八千元。

也因为卖素食，云道咖啡常见到许多出家人聚会。有一次，来自中坜圆光禅寺的比丘尼释慧开来用餐，将自己画在菩提叶上烙上赖桑背影 logo 的肖楠枝切片，是咖啡豆礼盒中的小赠品。

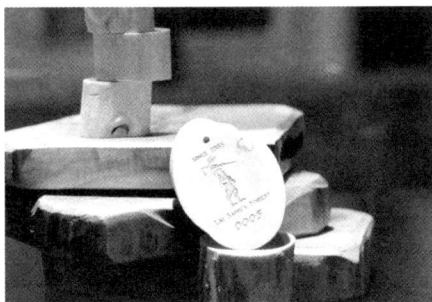

的创作送给赖建忠。他立刻想到，自己一直想在咖啡馆里种一棵"树"，便号召同仁在最大的一面墙上，以无数个五厘米长的肉桂枝拼接、粘贴组成一棵"树"。原本没有树叶的枯树，挂上五颜六色的菩提叶画作后，便生意盎然了。

更有趣的是，云道咖啡也意外成为赖桑粉丝的"追星胜地"。

店长林圣婷说，每个礼拜至少会有三五组来自各地的"粉丝"。有来自德国的夫妻，有想来咖啡馆工作的马来西亚年轻男子，有追踪赖桑十几年、立志把所有咖啡点过一轮的花莲老先生，有拿着当地报纸按图索骥来尝鲜的香港客人，甚至还有包了一辆小巴士来参观的大陆观光客。

林圣婷以前不爱笑，看到陌生人会害怕，加入云道却改变了她。"客人都支持赖桑的理念，都很正向。"她也因此开朗了起来，"很感谢赖桑，台湾有他，地球有他！"

赖桑会定期修剪树木。修下的树枝，有的在原地分解腐化，成为树木的养分；有的被捡来咖啡馆作为食材；还有的被开发成商品，成为树木之美的活见证。

肖楠杯垫　遇热飘香气

木质坚硬、分枝又多的肖楠，是咖啡馆中应用最广泛的木材。

一走进门就会发现，咖啡馆的门把是两枝一长一短的肖楠木，因为树枝本就不规则，赖建忠索性也没有修剪雕饰。稍粗的肖楠枝，会被横切成约一厘米厚的木片，作为杯垫。将热咖啡放在杯垫上，几分钟后，肖楠香味便会渐渐散发出来。较细、直径约五厘米的肖楠枝，则会被削成零点五厘米左右的薄片，烙上赖桑背影的商标与号码，作为咖啡礼盒的小赠品。

而更细的、直径不到二厘米的枝条，则会被切成小段、磨光、上漆，作为云道专属咖啡杯的手把。

这只咖啡杯虽小，却需要三道工：烧出粗胚后，先在杯腹上刻上树干、树节等拟真的纹路，再烧一次，最后把肖楠手把固定在杯柄上，才算完工。咖啡馆的每一杯热咖啡，都是用这个充满树木意象的咖啡杯装盛。虽然也有单独销售，但由于是全手工制作，一位师傅一天只能做三个，是经常断货的畅销商品。

"很多东西，以为是垃圾，但只要找到适合的地方，就会产生很大的力量。"一手研发咖啡杯的赖建忠说。

二〇一四年，云道咖啡厅开发了更多能传递森林味道的小物，像雪松、桧木等木质调护唇膏，以及小包装森林口味西点。

赖建忠希望，每位客人走出店门后，都能感受到森林的美好，甚至意犹未尽地想种树！那么，这一次消费就不只是个句点，而是蕴含无限可能的逗号了……

05 赖桑的千年之约

二〇一四年六月三十日，烫金字的"云道国际有限公司"招牌，在工人吆喝声与鞭炮声中挂上了。十一年来，历经无数次争执、冷战、鼓励与欢呼，赖建忠终于在父亲拥有的最后一块台中市区土地上，成立了云道咖啡的永久总部。

有了自己独立的"总经理室"后，赖建忠做的第一件事，是慎重地将咖啡馆那张二〇一一年拍摄的林场照片，放大成五百厘米乘三百厘米的巨型壁画，贴在办公桌后的墙上。

这张照片由下往上拍。山势像一双伸展环抱的手，翠绿色的肖楠木顺着弧度一层层往上推展、堆叠，尽头是一株两百年的红鸡油木，衬着清朗蓝天，一柱擎天矗立在山棱线中央。

"我真的有'靠山'了！"赖建忠笑着说，这些树木就像一群站在自己身后的兄弟姐妹，使他不再担心、恐惧，更能随时提醒自己，无论生意经营困难或顺遂，都不能忘了初衷。

每个人做每件事都有个初衷。它就像空气之于生命般不可或缺，却很容易因为压力与烦恼而被遗忘。跟厂商吵架、营收没有成长，都容易使人遗忘当初投入这个事业的原始动机。

"虽然我很努力，但我还没有克服烦恼的智慧，唯一处理压力的方法就是记得初衷，"赖建忠说，"这样，才能心无挂碍、无所畏惧，生出无穷尽的力量！"

而他的初衷就是，一切，都是为了种树。

根据赖桑的计划，未来将成立"赖倍元森林文教基金会"，林场、市区土地与云道咖啡等资产，都将纳入基金会下，将收入用来支持林场的运作开支。这个组织架构，正好与一般企业将基金会纳入营利单位之下的做法相反，也确立基金会"公益为主、营利为辅"的定位。

留给未来世代的森林梦

时序入秋，林场的白天温度渐渐降到二十度以下，阔叶木也准备换上冬衣。

榉木的卵形小叶开始转黄，一起风，就像下黄雨般漫天狂舞；青枫的树叶青里透黄，一片片挂在天上仿佛绿色的小星星；强壮的牛樟仍不断抽出砖红色嫩芽，一簇簇仿佛树尖的火把。只有肖楠，一年四季都一样地绿，逆光看，每一株树顶都闪着银光，仿佛刚下过一场白雪。

赖桑坐在山屋外的茶亭，闭眼，手捧一盏茶，深吸一口气，湿空气里的桂花香顿时充满整个鼻腔。"怎么这么好？我怎么这么厉害？"看这一生的成就，五十九岁的他呵呵地笑了。

一切如此宁静安详，还有什么未了的心愿吗？

赖桑敛起笑容，放下茶杯："我希望后代子孙好好相处，不要争夺财产，不要像我们家族一样。"这便是他成立基金会的初衷。

赖桑告诉儿子，自己留给世界如此美好的树木，所以当他离开的时候，每个人都不能哭，要笑。一开始，赖建忠完全无法接受这个近乎无情的要求，调适了好一阵子，才笑笑告诉父亲：

227

烘焙中的咖啡豆。这台二手烘豆机已跟了赖建忠十年。

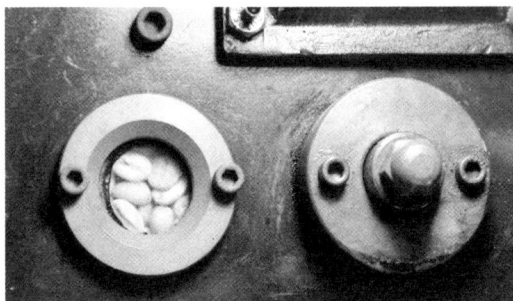

"会，我会笑的！"

他更加确定，无论是父亲的森林梦，或云道咖啡的绿循环，都无法在这一生看到丰硕的结果："可以说，我跟父亲都在做身后的事。"

想得远的赖桑，已经把这些年来的媒体报道，包括报纸、杂志、光盘等，全都封得密不透水，分成数份，埋在林场各个角落，他称之为"时光胶囊"。他说，如果身后葬在林场，四五代后的子孙回来扫墓，才有机会"挖到宝"，一起讨论当年阿祖种树的故事。

种树救地球 已成全球行动

除了赖桑，台湾还有许多种树、救树的组织与个人。而在环保意识高涨的欧美地区，"种树救地球"的风气更是普及。

种树，已经成为一个跨国界、跨世代的行动。

二○○四年，非洲首位女性诺贝尔和平奖得主诞生了——她是当时六十四岁的肯尼亚环境部副部长万嘉丽·玛泰（Wangari

Maathai）。

玛泰因天资聪颖，获得教会修女们的注意，得以前往西方国家接受高等教育，成为非洲少数的女博士及大学教授。

在一次实验过程中，她发现，肯尼亚政府为了辟建茶园与咖啡园，大肆砍伐森林，造成河道淤积、河水泛滥。一九七七年，她发起"绿带运动"（Green Belt Movement），鼓励妇女种树。由于这个主张触犯独裁政权利益，屡屡受阻，玛泰甚至因此入狱。当独裁者退位后，玛泰终于成为肯尼亚环境部副部长。三十年间，"绿带运动"已在非洲十三国创建了六百处苗圃，种下约三千万株树。

万嘉丽没有想到的是，获得诺贝尔奖三年后，一个九岁的德国小男孩菲利斯·芬克拜纳（Felix Finkbeiner）为了做简报作业，在网络上找到了她的故事。他想着："如果万嘉丽·玛泰三十年内就成功在非洲种了三千万棵树，我们小孩也要设法在地球上每个国家至少种下一百万棵树，对吧？"

芬克拜纳先在班上做了简报，又被邀请向校长汇报，最后还带着笔记本电脑去向周围的学校解释气候危机与种树的点子。

简报后两个月，芬克拜纳和同学在学校里种下了第一棵树。

他接着与联合国"种树救地球"（Plant for Planet）计划合作，后来又与万嘉丽的"植树百万活动"（Billion Tree Campaign）联合，一年后成功种下五万棵，二〇一一年达成在德国种下一百万棵树的目标。

一群人的坚持　将成为文化

刚开始，赖桑也计划种下五十万森林大军。在妻子、儿子、媳妇、好友全都伸出援手后，他大胆宣示，种树的目标是"无限"！

"只要还有生命，只要还有体力，只要上天允许，我一定继续走下去。"他露出招牌笑容，"老天说，我要负债十亿才能'回去'，现在还不到！"

三十年过去了，雪山林道从石子路变成柏油路，路旁甜柿绿了又红、红了又绿，只有赖桑还是老样子，清晨五点开车上山，挖洞、种树，傍晚五点再开车下山。日复一日，年复一年。

赖建忠喜欢故意问父亲："如果当初没有坚持种树，现在会怎样？"

"若无种树，我会起肖（发疯）！"赖桑回答。

这个问题，无论什么时候问、问几次，答案都一样。即使小树苗早已长大，但"种树"已与赖桑的生命盘根错节，不再是树不能没有赖桑，而是赖桑不能没有树了。

不只是赖桑，台湾、世界都不能没有树。一个人的坚持，叫作执着；一群人的坚持，便成文化。当全台湾、全世界的人一起种树，便会形成一个与自然共存的文化。地球与其上万物，便得救了。

日本江户时期农政家兼思想家二宫尊德有段话：

> 远观者富，近视者贫。
> 远观者为百年植杉苗，
> 春天播种秋天收获，
> 因而致富。
> 近视者等不及春天播种秋天收获而不为之，

赖桑期待，下辈子投胎回到林场时，小树都已经长成神木了。

为沉醉眼前利益而取之，
不愿播种只图收获，
因而贫穷。

　　人，一百年就离开；树，千万年都挺立。砍一棵树，只要一天；种一棵树，却能造福百年、千年的后代。赖桑，无疑是远观的富者。秦王汉武，过往云烟；唐元明清，于我一瞬间。这是他的豪气。

　　"不管种树时、浇水时、修枝时，我的生命、精神，全部都灌注在这些树的身上。"赖桑常跟树说，"以后，会有很多人进来，要好好善待他们。"

　　现在，是赖桑帮树说话，但千年松、万年柏，赖桑百年之后，就轮到树帮他说话了。

　　"我常祈求上天，有一世，可以投胎回到这片林场。希望到时候，这一片已经都是神木了！"赖桑拿起茶杯，敬向天空。

　　愿他这一生种树，永续千年。

人人都能当"小赖桑"

陈芳毓

　　完成这本书，最难的并非用不轮转的闽南语与人"搏涎"（注：即用不流利的闽南语与人沟通），也不是在陡坡上匍匐前进，而是改变对"时间"与"金钱"的看法。

　　我做了十年的财经管理报道，那是一个以"小时"为单位、强调效率的世界。今天研发的产品，三个月后顾客就腻了；今年订出的目标，明年对手就跟上了。产品与策略的生命周期愈来愈短，人与组织被竞争和不安全感推挤着向前狂奔。

　　在这速度为要的世界，一家经营三十年仍稳坐龙头的公司即属难得；若有位 CEO 能设定十年后的愿景，则有远见。被辗压而过的落后者则被写成商学院的案例分析，提醒后人别犯同样的错。

　　但历史却从未赦免任何人。绝大多数的企业，无论规模再大、历史再久，仍难免走向衰败，就像赖桑的那些大客户一样。

　　管理学中的"永续经营"真的存在吗？我在林场里看到一丝可能。

　　三十年前，赖桑种下第一棵树；三十年后，每年上千人次访客、孕育千百种生物，还有汩汩涌出的泉水，证明了树的价值。树木寿命动辄千百年，三十年只是人间一瞬。如同法国名著《种树的男人》一书描述，未来，巨木成林、人类安居，更多生机循着森林而来。但这些画面，儿孙三代之后才能显现。

赖桑做的，是一个有生之年看不到成果的决定，但子孙的未来，却因这个决定而从此不同了。

赖桑的金钱观

接下写书任务后，许多人问我："赖桑真的没有任何目的吗？"

对赖家二十多位亲友访谈下来，我发现，林场没有商业模型，也不谈投资报酬率，但若说赖桑没有"目的"却是骗人的。只不过，他的目的并非名利，而是奉献。

能为地球奉献金钱与体力三十年，是赖桑最大的成就感。

企业与个人在追逐成功的过程中，难免对环境造成破坏。赖桑认为，赖家从事高污染的货运业，将利润拿去种树弥补地球，天经地义。

用商业语言来说，赖桑做的是"个人式的企业社会责任"。

不要看一个人奉献多少，要看他奉献后口袋剩下多少。企业将盈余做公益，赖桑却把每一分钱都投入种树。尽管他仍是家族中没钱没势的"厝仔"，却走出了一条被社会尊敬、传颂的路。可以说，这是一个被商业启蒙却突破商业极限的故事。

阳台迷你生态圈

为了体会赖桑所说"免罢工免劳保"、"天天涨停板"、"雨天赚五十元"的种树魔力，我从建国花市搬回数株一两英尺高的黄桧、牛樟、雪松、肖楠与红豆杉幼苗，摆在阳台上。不到半年，水泥丛林就起了变化。起先，屋顶上出现了一个直径五厘米的小蜂巢；接着，早上的"天然闹钟"从车声换成了鸟儿啁啾；最近的"惊喜"是，床上竟出现两只猫儿轮番送来的斑蝶、蚱蜢等"礼物"！

阳台的迷你生态圈成形了。

不是人人都有能力买地种树，但人人都能当个"小赖桑"，从自家阳台、窗台开始，打造低碳家园，邀请生物一同分享自然的美好。

这一刻起，你我便在时间长河里，标注了一个改变的起点。

一起来种树吧！

附

录

关于赖桑的信念、他的话

活了半辈子，他这样看人生

◎ 人生，选择比努力更重要。

◎ 有德者，要有大无畏的生命奉献。

◎ 人的尊严与价值，来自活出生命的意义与价值。

◎ 看得开、放得下，做对的、有意义的事，才是真功夫。

◎ 人生要经营三种人：知音、良师、贵人。

◎ 跟着苍蝇，只知 WC；跟着蜜蜂，能知花朵；跟着有德者，靠近成功。

◎ 要认识"不该认识"的人（指认识原本生活圈以外的人），向能人学习。

◎ 做人要感性，做事要理性。

◎ 人有缺陷，才是完美。

◎ 智慧从精进中来，福报从施舍中来。

◎ 人要慎思，犯杀业百无一成。

◎ 有文化才能感动人，文化认同才能同化众生。

◎ 修行与办道的分别：修行者独善其身是德，办道者兼善天下是功。

◎ 成功需具备五项条件：强烈的兴趣，社会全面的认同，有真善美的质地，要能永久，要对众生慧命有所贡献。

◎ 做人，要感动别人才有功夫，能充实自己才有力量，总觉得别人不对是"无量"。

◎ 做事不要"万两拨四斤"，要"四两拨万斤"。

◎ 不只要把事做好，更要在过程中提升自己。

◎ 人常把大部分时间花在赚钱上，而非花在提升生命的价值上。

◎ "第一"会被第二名赶上，"唯一"却无法被取代。人不要拼第一，要创造自己的唯一。

◎ 人的一生，做一件利益众生慧命的事情，才是有价值的人生。

◎ 人可以没有宗教，但是不能没有信仰。

◎ 享受付出，享受孤独。

◎ 不论遭遇多大的困难，只要专注，便能超越困境。

◎ 明者兼听，暗者偏听。

◎ 生意做大后，就要转念，想做大事，不要再想赚大钱。

◎ 有人穷到只剩下钱，我穷到很富有！

◎ 一生，至少要当一次傻子。

借着种树，他传递永续希望

◎ 世界最有价值的不是钻石，是环境，偏偏创造环境却最困难。

◎ 种树的人生是超凡入圣，刹那即是永恒。

◎ 种树，是种下对未来的希望，多种一棵树，对地球就多一分帮助。

◎ 我为青山抚育三十年，三十年后青山为我依归。

◎ 世间有两种大，固定大和无限大。土地很大、财产很大，都是固定大，树的生长却是无限大。

◎ 生活制造的污染，要靠种树来还，离开世界时才不会举债地球。

◎ 垃圾是地球的伤口，污染是人类的杀手。

◎ 种树，是弥补过去的伤害，投资于未来的希望。

◎ 种在盆子里的是"凡间盆景"，是满足兴趣，是小爱；种在山上的是"地球盆景"，对全人类都好，是大爱。

◎ 一条路，走三十年；坚持，终会看见成果。一直、一直、一直种下去就对了。

◎ 拥有十间房子、十辆汽车都不算什么，能拥抱十座山，才是真英雄。

◎ 不种白不种，一种跟它搏几千年！

赖桑生平与环保大事记

大雪山林业公司开始营运，是台湾第一个以西式机械化大量伐木的企业组织	一九五七年	赖桑出生
美国海洋生物学家瑞秋·卡森（Rachel Carson）出版《寂静的春天》（Silent Spring），促使美国政府禁止 DDT 农药	一九六二年	
	一九七〇年	14 岁 初中毕业，加入大铭货运
大雪山林业公司结束营业	一九七三年	
	一九七八年	22 岁 与妻子赖易宝结婚
	一九八〇年	24 岁 育长子赖建忠
	一九八二年	26 岁 育次子赖建宏
	一九八三年	27 岁 育长女赖婉宜
	一九八五年	29 岁 买下第一块大雪山上的土地，开始种树

239

事件	年份	年龄	个人
鹿港反杜邦运动，为台湾首件导致外商终止投资的环保抗争事件	一九八六年		
◎成立台湾环保事务主管部门 ◎高雄反五轻运动	一九八七年	31 岁	承接大雅货运，赖易宝负责经营，赖桑渐将重心转移至林场
第一次"联合国环境与发展会议"于巴西里约举行	一九九二年		
◎阿里山神木倒塌 ◎联合国会员国签订《京都议定书》，目标是控制温室气体排放量，以降低温室效应的危害	一九九七年	39 岁	种树十年
	二〇〇一年	44 岁	长子赖建忠开始在林场种咖啡树
前肯尼亚环境部副部长万嘉丽·玛泰（Wangari Maathai）因推动植树，成为非洲首位女性诺贝尔和平奖得主	二〇〇四年		
反国光石化事件	二〇〇五年	49 岁	◎种树二十年，获农业主管部门"林业有功人士" ◎长子赖建忠以"云道咖啡"为名，在网络销售咖啡豆
美国前副总统戈尔（Al Gore）出版《不愿面对的真相》（An Inconvenient Truth）一书，揭露温室效应的危害，并拍成纪录片	二〇〇六年		

	年份	年龄	事件	备注
九岁德国小男孩菲利斯·芬克拜纳（Felix Finkbeiner）开始推动种树	二〇〇七年	51岁	◎ 长子赖建忠娶妻金美 ◎ 成立云道国际有限公司	
	二〇〇九年	53岁	◎ 首次被媒体报道	
菲利斯·芬克拜纳发起种树救地球计划，在德国种下一百万棵树	二〇一一年	55岁	◎ 应文藻外语学院之邀，首度对外演讲	
联合国永续发展大会在巴西里约举行，为台湾地区首次在该会办理现场内周边会议	二〇一二年	56岁	◎ 云道咖啡馆开幕	
	二〇一三年	57岁	◎ 被林务主管部门选为"森情大使"，推广种树 ◎ 台湾地区领导人马英九、台中市长胡志强亲拜访云道咖啡	
	二〇一四年	58岁	◎ 参加中枢纪念植树活动，获马英九颁表扬状 ◎ 结束大雅货运 ◎ 云道咖啡总部成立 ◎ 获台中市政府颁"低碳城市杰出贡献奖"	
	二〇一五年	59岁	◎ 种树三十年	